ふたごチャレンジ！⑨

はずんでころんで!?新《しん》学《がっ》期《き》大《だい》作《さく》戦《せん》

七都《ななと》にい・作
しめ子《こ》・絵

角川つばさ文庫

もくじ

1 マスクの外《そと》に明《あ》かした気持《きも》ち 006

2 変《か》わるもの、変《か》わらないもの？ 013

3 鈴華《すずか》ちゃんのチャレンジ宣言《せんげん》！ 023

4 新生《しんせい》サッカークラブ……は、前途多難《ぜんとたなん》!? 030

5 新入部員《しんにゅうぶいん》は正反対《せいはんたい》キャラ!? 047

6 「意見《いけん》が合《あ》わない」を超《こ》えるには？ 063

7 どちらが本当《ほんとう》のあの子《こ》？ 077

8 レッツ・ふたご会議《かいぎ》！ 085

9 それぞれの想《おも》うこと 097
10 藤《とう》司《じ》くんのウラの顔《かお》？ 108
11 運《うん》命《めい》の試《し》合《あい》がはじまる！ 120
12 一《いっ》歩《ぽ》ずつ、の勇《ゆう》気《き》 145
13 ワクワクの未《み》来《らい》！ 166
あとがき 169
スペシャル☆ストーリー おれのペッター物《もの》語《がたり》!! 172
スペシャル☆ストーリー 鈴《すず》華《か》ちゃんの児《じ》童《どう》会《かい》選《せん》挙《きょ》☆奮《ふん》闘《とう》記《き》 190

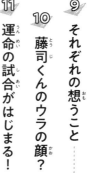

キャラクター紹《しょう》介《かい》

双葉《ふたば》かえで

かわいいキャラクターや、
おえかきが好《す》き。
好《す》きな食《た》べものはチョコレート。
5年生《ねんせい》。

双葉《ふたば》あかね

運動神経《うんどうしんけい》バツグンで、
特《とく》にサッカーが大好《だいす》き。
ハキハキしゃべって、びゅんびゅん動《うご》く。
好《す》きな食《た》べものはハンバーグ。
5年生《ねんせい》。

柴沢藤司《しばさわとうじ》

あかねの一番《いちばん》のなかよし。
今年《ことし》から金管《きんかん》クラブに入《はい》った。
かえでのことが好《す》き。
5年生《ねんせい》。

秋倉凜《あきくらりん》

かえでのおえかき仲間《なかま》で、
一番《いちばん》のなかよし。人《ひと》の気持《きも》ちを
察《さっ》するのが得意《とくい》。
5年生《ねんせい》。

吉良辰紅《きらたつく》

いつも黒《くろ》マスクをしているクラスメイト。
少《すこ》し前《まえ》まで、ふたごたちに反感《はんかん》を
持《も》っていたけれど、今《いま》は…!? 5年生《ねんせい》。

北大路鈴華《きたおおじすずか》

キッパリした性格《せいかく》で、たのもしい、
あかねたちのクラスのリーダー的存在《てきそんざい》。
5年生《ねんせい》。

空本虎道《そらもととらみち》

おえかきクラブの新入部員《しんにゅうぶいん》。
好奇心《こうきしん》おうせい。 4年生《ねんせい》。

沢渡風音《さわたりかざね》

小柄《こがら》だけど運動神経《うんどうしんけい》ばつぐん。
今年《ことし》からサッカークラブへ！ 5年生《ねんせい》。

新田優季《にったゆうき》

すらっと背《せ》の高《たか》い
サッカークラブの新入部員《しんにゅうぶいん》。
サッカーは初心者《しょしんしゃ》。 4年生《ねんせい》。

小町屋《こまちや》めぐ

おえかきクラブの、
とてもしずかな新入部員《しんにゅうぶいん》。
4年生《ねんせい》。

御園校長《みそのこうちょう》

新《あたら》しくやってきた、
緑田小《みどりだしょう》の校長先生《こうちょうせんせい》。

辻堂保奈美《つじどうほなみ》

緑田小《みどりだしょう》の保健室《ほけんしつ》の先生《せんせい》で、
ふたごたちの心強《こころづよ》い味方《みかた》。
一時期《いちじき》、休職《きゅうしょく》していたけど、復帰《ふっき》した。

これまでのあらすじ

「女《おんな》の子《こ》らしく」「男《おとこ》の子《こ》らしく」を押《お》しつけられて、くるしさを感《かん》じていた、あかねとかえで。緑田小《みどりだしょう》への転校《てんこう》をきっかけに、おたがいの性別《せいべつ》を入《い》れ替《か》える「チャレンジ」をスタート！ しばらくの間《あいだ》「あかねくん」と「かえでちゃん」として生活《せいかつ》をしてみたけれど…。「やっぱり、うちらは『ありのまま』で生《い》きたい」と、勇気《ゆうき》をふりしぼって、みんなに真実《しんじつ》を打《う》ちあけたのだった。学芸会《がくげいかい》でふたごのアリス役《やく》をやったり、辻堂先《つじどうせん》生《せい》を守《まも》る「ホワイト革命《かくめい》」に取《と》り組《く》んだりして、学校《がっこう》を「自分《じぶん》の居場所《いばしょ》」だと感《かん》じられるようになってきた。いよいよ新《あたら》しい学年《がくねん》がスタート！ しかもこの1年《ねん》は、緑田小《みどりだしょう》がほかの学校《がっこう》と統廃合《とうはいごう》される前《まえ》の、最後《さいご》の年《とし》になる。そう思《おも》うと、身《み》がひきしまるみたい。みんなも、それぞれが新《あたら》しいチャレンジを考《かんが》えているようで…!?

1 マスクの外《そと》に明《あ》かした気《き》持《も》ち

満開《まんかい》だった桜《さくら》の花《はな》がすっかり散《ち》って、小《ちい》さな芽《め》が顔《かお》を出《だ》した4月《がつ》。

あたたかな日差《ひざ》しを受《う》けて、緑《みどり》がキラリとかがやいて見《み》える。

うち——双葉《ふたば》あかねは、目《め》の前《まえ》の桜《さくら》の木《き》みたいに、フレッシュな心持《こころも》ちだ。

なんたって、今日《きょう》は始業式《しぎょうしき》。

進級《しんきゅう》して、うちは今日《きょう》から5年生《ねんせい》なんだ！

ランドセルのずっしりくる重《おも》みもひさしぶりで、ああ、また学校《がっこう》が始《はじ》まるんだって実感《じっかん》できる。

今日《きょう》は授業《じゅぎょう》がないから、いつもと比《くら》べれば、羽根《はね》みたいにかるいけどね！

新《あたら》しい一年《いちねん》が始《はじ》まる朝《あさ》の空気《くうき》は、なんだかすがすがしい。

いつもなら、こういう気分《きぶん》を共有《きょうゆう》できる相棒《あいぼう》——ふたごのきょうだい、かえでがとなりにいるんだけど。

今日《きょう》はうち1人《ひとり》で、ちょっと早《はや》い時間《じかん》に学校《がっこう》へむかってる。

なぜかっていうと——。

「『始業式《しぎょうしき》の日《ひ》の8時《じ》に、校舎裏《こうしゃうら》で会《あ》いたい』——。うん、今朝《けさ》で合《あ》ってるよね」

メッセージカードを開《ひら》くと、まっすぐならんでいるキレイな字《じ》でそう書《か》いてある。

お花見《はなみ》のとき、吉良《きら》くんからこれをわたされたんだ。

メッセージカードに用件《ようけん》を書《か》かなかったってことは、直接話《ちょくせつはな》したかったってことだよね。

一体《いったい》、なんの用《よう》なんだろう？

思《おも》いあたることがなにもなくて、ちょっとドキドキしながら、校舎《こうしゃ》の裏《うら》にまわる。

校庭《こうてい》の反対側《はんたいがわ》にあって、薄暗《うすぐら》いふんいきだ。

地面《じめん》に点々《てんてん》と生《は》えるタンポポやカタバミをながめながら、歩《ある》いていくと。

「おはよう、あかね」

すでに到着《とうちゃく》していた吉良《きら》くんが、パッと顔《かお》をあげて言《い》う。

「おはよ！」

いつものパーカースタイルな吉良《きら》くんも、ランドセルを背負《せお》ったまま。

いつからここでうちを待《ま》ってたんだろう……？

マスクで表情《ひょうじょう》が読《よ》みとりづらいけど。

なんだか、ふんいきがかたいような……？

「……始業式《しぎょうしき》から呼《よ》び出《だ》してわるいな」

「いーよいーよ。それで、どうしたの？」

「うん」

吉良《きら》くんは、うちにうながされて、かるくうなずく。

「俺《おれ》…………」

でも、なかなか言葉《ことば》をつづけない。

めずらしいな。

吉良《きら》くんはかしこくて、しっかり自分《じぶん》の意見《いけん》を伝《つた》えられる人《ひと》なのに、こんなに言《い》いよどむなんて。

でも、きっとうちに伝《つた》えたいことがあるはず。

せかしたりせず、じっと言葉《ことば》を待《ま》つと。

「…………俺《おれ》さ。今日《きょう》から、マスクを外《はず》すことに決《き》めたんだ」

「！」

うちが転校《てんこう》してくる前《まえ》――３年生《ねんせい》の秋《あき》から、いつもマスクを外《はず》さなかったらしい吉良《きら》くんが。

「そうなんだね……！」

「ああ。でもその前《まえ》に、言《い》っておきたいことがあって」

吉良《きら》くんがとつぜん、うちにむかって、ばっと深《ふか》く頭《あたま》を下《さ》げる。

「え!?　え!?」

「――学芸会《がくげいかい》のときは、本当《ほんとう》にわるかった。おまえらを傷《きず》つけた事《じ》実《じつ》を、マスクの中《なか》におきざりにしようとは、思《おも》ってない」

「…………！」

うちは目《め》を丸《まる》くする。

学芸会《がくげいかい》のことって……うちとかえでにむかって、ひどいことを言《い》った、あれだよね？

学芸会《がくげいかい》から、もう6ヶ月経《かげつた》っているけど。

ああ、そっか。

あの学芸会《がくげいかい》では、吉良《きら》くんとの仲《なか》が険悪《けんあく》で、マスクをめぐっていろいろあった。

吉良《きら》くんの中《なか》では、うちらふたごのこととマスクは、ず――っとつながっていたんだ。

うちが1人《ひとり》で納得《なっとく》していると、

「かえでにも、1対《たい》1で機会《きかい》をもらって、謝《あやま》るつもりだよ」

吉良《きら》くんは、ハッとしたように、そうつけたした。

うちとかえで、今日《きょう》いっしょに呼《よ》びだしたって、ぜんぜんかまわなかったのに。

想定《そうてい》していなかった言葉《ことば》に、うちは、またぽかん。

「……ははあ」

「ん？」

うちは、ぽかんとした顔《かお》のまま、すなおに口《くち》に出《だ》す。

「吉良《きら》くんって……**まっっじめだねえ……!!**」

「………なに、バカにしてんの？」

むっとした顔《かお》になった吉良《きら》くんに、うちはあわてて首《くび》を横《よこ》にふる。

「いやいや。吉良《きら》くんのそういうとこ、うち好《す》きなんだ。——吉良《きら》くんは、過去《かこ》をなかったことにしない人《ひと》だって、わかってるよ」

「……うん」

「うちもさ、あの出来事《できごと》を全部《ぜんぶ》なかったことにはできないって思《おも》ってる。だからさ『リセット』じゃなくて『区切《くぎ》り』にしようよ！　今日《きょう》から、吉良《きら》くんとの新《あたら》しいスタートってことで！」

「……そんなのでいいのか？」

かすかに不安《ふあん》そうにきいてくる吉良《きら》くん。

うちはうなずいて、自分《じぶん》の胸《むね》に手《て》を当《あ》てる。

「うん！　だってうちは吉良《きら》くんのこと『友《とも》だち』だと思《おも》ってるし、吉良《きら》くんにも、胸《むね》を張《は》って『友《とも》だち』って呼《よ》んでほしいもん。だから、学芸会《がくげいかい》の話《はなし》は、ここで決着《けっちゃく》！　あの出来事《できごと》が胸《むね》の中《なか》にあっても、吉良《きら》くんとなら、なかよくやっていけるって、うちは思《おも》うから！」

うちの言葉《ことば》が、しみこむような間《ま》があってから、吉良《きら》くんはこくりとうなずいた。

「……わかった。あかね、これからもよろしく」

「こちらこそ！」

それから吉良《きら》くんは、すっと指《ゆび》を伸《の》ばして、マスクをはずした。

マスクを、大切《たいせつ》に、パーカーのポケットの中《なか》にしまう。

そしてもう一度《いちど》うちを見《み》る。

吉良《きら》くんはよく知《し》ってる相手《あいて》なのに、いざ素顔《すがお》にむきあうと、ちょっと緊張《きんちょう》するなあ。

吉良《きら》くんも、ほおをかいたり、体《からだ》をゆらしたりして、くすぐったそう。

ふっとほほえみあってから、うちは校舎《こうしゃ》を指《ゆび》さす。

「よーし！　それじゃ、教室《きょうしつ》へいこっか！」

「おう。あ、……俺《おれ》もさ」

「うん？」

吉良《きら》くんが、ちょっと視線《しせん》をはずして言《い》う。

「俺《おれ》も、あかねのそういうところ、好《す》きだよ」

「――へへっ。サッカークラブ、今年《ことし》もいっしょにがんばろーね！」

「今年《ことし》は俺《おれ》のほうが得点《とくてん》するから」

「今年《ことし》も負《ま》けないよーだ！」

うちらはだべりながら、校舎《こうしゃ》へむかって、ならんで歩《ある》きだした。

2 変《か》わるもの、変《か》わらないもの？

昇降口《しょうこうぐち》を目指《めざ》して、吉良《きら》くんと校舎沿《こうしゃぞ》いを歩《ある》いていると。

「あら、あかねちゃん、吉良《きら》くん！」

ガラッ

窓《まど》が開《ひら》く音《おと》のあと、おだやかでやさしい声《こえ》に呼《よ》びとめられる。

この声《こえ》って……！

「「辻堂先生《つじどうせんせい》！」」

吉良《きら》くんと同時《どうじ》にふりむくと。

保健室《ほけんしつ》の窓《まど》から顔《かお》を出《だ》した辻堂先生《つじどうせんせい》と、目《め》があった。

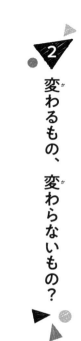

先生《せんせい》が、にっこりと笑《わら》いかけてくれる。

「2人《ふたり》とも、進級《しんきゅう》おめでとう。ちょっと見《み》ないうちに、顔《かお》つきが変《か》わったんじゃない？」

「えーっ、春休《はるやす》み、2週間《しゅうかん》くらいしか経《た》ってしかないのにー？」

うちは、そうおどけつつ。

辻堂先生《つじどうせんせい》の顔色《かおいろ》が、ますますよくなってる気《き》がして、ほっとする。

「ふふ。2週間《しゅうかん》もあれば、ぐっと成長《せいちょう》するものなのよ」

「そういえば、うち、春休《はるやす》みに、かえでたちとけっこう遠《とお》くまでサイクリングにいったんだ。知《し》らない場所《ばしょ》を旅《たび》して、レベルアップしたのかも！」

サイクリングの最後《さいご》、まさか、あんな場所《ばしょ》にたどり着《つ》くなんてね！

ホントに楽《たの》しい一日《いちにち》だったなあ（くわしくは『おもしろい話《はなし》、集《あつ》めました。Ⓒ《クローバー》』を読《よ》んでね！）。

辻堂先生《つじどうせんせい》は、うちの思《おも》い出話《でばなし》に耳《みみ》をかたむけたあと、うちと吉良《きら》くん、それぞれの目《め》を見《み》て言《い》う。

「いよいよ5年生《ねんせい》ね。――いってらっしゃい。これからも、必要《ひつよう》なときには、エンリョせずに保《ほ》健室《けんしつ》にきてね」

「はーい！」

「はい……ありがとうございます」

辻堂先生《つじどうせんせい》に見送《みおく》られながら、うちらはふたたび歩《ある》きだす。

「さっそく辻堂先生《つじどうせんせい》と会《あ》えて、うれしかったね！」

「うん。それに、元気《げんき》そうでよかった」

「ねー！」

ハッピーな気分《きぶん》でくつをはきかえ、階段《かいだん》をのぼる。

5年生《ねんせい》の新《あたら》しい教室《きょうしつ》は、このあいだまで通《かよ》ってた4年生《ねんせい》の教室《きょうしつ》の、すぐおとなり。

うっかりしてると、元《もと》のクラスに入《はい》っちゃいそうだ。

とびらの先《さき》をのぞきこんで声《こえ》をかけると、

「おはよーっ！」

元気《げんき》な声《こえ》が、たくさん返《かえ》ってきた。

「「「おはよー！」」」

すでに半分《はんぶん》くらいの人《ひと》が登校《とうこう》していて、教室《きょうしつ》はすっかりにぎやかだ。

クラス替《が》えがないから、4月特有《がつとくゆう》の緊張感《きんちょうかん》もなく。

ひさしぶりの学校《がっこう》に、みんなの笑顔《えがお》がはじけてる。

うちと吉良《きら》くんが、いっしょに教室《きょうしつ》に入《はい》っていくと。

「……ねえ、見て」「あ……！」

なんて、ちょっと空気《くうき》が変《か》わった。

吉良《きら》くんのマスクがないことに気《き》づいた子《こ》たちが、ちらちらと視線《しせん》をむけ始《はじ》めたんだ。

決《けっ》して、攻撃的《こうげきてき》なものじゃない。

みんな、ただ、変化《へんか》におどろいたんだろう。

でも、そばにいるうちまで、集《あつ》まる視線《しせん》に、そわそわしてしまう。

吉良《きら》くんが、居心地《いごこち》わるそうに、自分《じぶん》の席《せき》にむかおうとしたとき。

「おはよーっ、あかね、辰紅《たつく》！」

新学期《しんがっき》から元気《げんき》はつらつな藤司《とうじ》が、こっちへ駆《か》けよってきた。そして、

「あれっ辰紅《たつく》、マスクはどうした？」

「「！」」

藤司《とうじ》がいつもの調子《ちょうし》でそうたずねると、まわりの話《はな》し声《ごえ》が、ピタッと止《と》まった。

みんな、吉良《きら》くんの返事《へんじ》が気《き》になるんだろう。

「あ……今日《きょう》から、はずすことにしたんだ」

「おーそっか。忘《わす》れてきたんじゃないならよかったぜ！　おれ、ガーゼのマスクしか持《も》ってない

からさー」

「いや、なんで貸《か》してくれるの前提《ぜんてい》なんだよ」

「だって、友《とも》だちだし。もし持《も》ってくるの忘《わす》れたんなら、つけずに教室《きょうしつ》にいるのしんどいだろ？」

「まあな。でももう、大丈夫《だいじょうぶ》だから」

「うん、顔見《かおみ》たらわかるよ」

ニッと笑《わら》う藤司《とうじ》につられて、吉良《きら》くんの口《くち》もともゆるんでる。

きき耳《みみ》をたてていたクラスメイトも、自分《じぶん》たちのおしゃべりにもどったみたいだ。

――よかった。

クラスのふんいきが元《もと》にもどって、ほっとしたのもつかの間《ま》。

「コラッ、ろうかを走《はし》らないっ！」

一喝《いっかつ》する声《こえ》が、ろうかからひびいてきて、心臓《しんぞう》がはねる。

きき覚《おぼ》えのない、力強《ちからづよ》い女《おんな》の人《ひと》の声《こえ》だ。

「えっ、だれだれ？」

みんなでわらわらと、とびらや窓《まど》からのぞいてみると。

下級生《かきゅうせい》と思《おぼ》しき子《こ》が、注意《ちゅうい》されているところだった。

ピシッとしたスカートとジャケットのスーツを着《き》た、おとなの人《ひと》。

「あの人《ひと》……新聞《しんぶん》にのってた、新《あたら》しくきた校長先生《こうちょうせんせい》かも……！　御園先生《みそのせんせい》、だったかな」

凛《りん》ちゃんのつぶやきに、

「えっ……校長先生《こうちょうせんせい》!?」

そのとたん、一気《いっき》に空気《くうき》が引《ひ》きしまり、クラスがざわつく。

うちも、そばにいたかえでと、思《おも》わず顔《かお》を見《み》あわせた。

うちらふたごは、３月《がつ》までこの学校《がっこう》にいた豆田校長《まめだこうちょう》との間《あいだ》に、いろいろあったんだ。

たくさんの視線《しせん》に気《き》づいたのか、指導《しどう》を終《お》えた校長先生《こうちょうせんせい》が、くるっとこっちをむいた。

大《おお》きな目《め》の印象《いんしょう》が強《つよ》い人《ひと》で、なんとなくうちらは姿勢《しせい》をただす。

一瞬《いっしゅん》、シンと沈黙《ちんもく》が流《なが》れたあと、

「御園校長先生《みそのこうちょうせんせい》、おはようございます！」

鈴華《すずか》ちゃんが、先陣《せんじん》を切《き》ってあいさつした。

「おはよう。私《わたし》のこと、知《し》ってくれてるのね。あなた、名前《なまえ》は？」

校長先生《こうちょうせんせい》は、鈴華《すずか》ちゃんのことをじっと見《み》て、キビキビたずねる。

その圧《あつ》に、鈴華《すずか》ちゃんはちょっと気《け》おされながら答《こた》える。

「き、北大路鈴華《きたおおじすずか》です！」

「北大路鈴華《きたおおじすずか》さん、北大路鈴華《きたおおじすずか》さん……うん、覚《おぼ》えたわ。次《つぎ》は、名前《なまえ》で呼《よ》ばせてもらうわね」

校長先生《こうちょうせんせい》は、ハキハキそう告《つ》げると、ぱっと視線《しせん》を移《うつ》す。

「そこのみつあみの子《こ》は？」

「は、はいっ、秋倉凛《あきくらりん》です」

「ショートカットの子《こ》は？」

「沢渡《さわたり》です！」

校長先生《こうちょうせんせい》は次々《つぎつぎ》と、クラスの子《こ》の名前《なまえ》をきいていく。

やがて、ならんで立《た》つうちとかえでの順番《じゅんばん》がきた。

校長先生《こうちょうせんせい》の目《め》が、うちらの顔《かお》を見《み》くらべるように行《い》き来《き》する。

「あら、そこの2人《ふたり》、お顔《かお》がそっくりなのね？」

「はい、うちら、ふたごなので。うちが双葉《ふたば》あかねで、」

「ぼくが双葉《ふたば》かえでです」

「やっぱりそうなのね……。ありがとう、覚《おぼ》えたわ」

校長先生《こうちょうせんせい》は、さっと腕時計《うでどけい》に視線《しせん》を落《お》とす。

「あら、もうこんな時間《じかん》。職員室《しょくいんしつ》へもどらなくちゃ――**そこ、ろうかでふざけると危《あぶ》ないよ！**」

ろうかではしゃいでいる生徒《せいと》を注意《ちゅうい》しながら、校長先生《こうちょうせんせい》は大股《おおまた》に去《さ》っていった。

「……な、なんか……」

「きびしそうな先生《せんせい》ね」

「ねー、こわかったあ……」

鈴華《すずか》ちゃんと凜《りん》ちゃんが、校長先生《こうちょうせんせい》の背中《せなか》を目《め》で追《お》いながら言《い》う。

うちも、気《き》づけば、ぴ――んと背中《せなか》が伸《の》びていた。

豆田《まめだ》校長《こうちょう》とは、またちがった緊張感《きんちょうかん》のある人《ひと》だなあ……。

ふうと息《いき》をついていると、

「……ね、あかね」

かえでが、そっと、うちの服《ふく》の袖《そで》をひっぱってくる。

「校長先生《こうちょうせんせい》……ぼくらのこと、知っていたみたいだったね」

「え!?」

「ほら、さっき。ぼくらの名前《なまえ》をきいて『やっぱりそうなのね』って……」

「あー……でもさ、うちらの学年《がくねん》に『ふたごがいる』ってきいてたってだけかもしれないよ？」

「！　そっか、そうだけど……」

不安《ふあん》そうに、かげった、かえでの表情《ひょうじょう》は変《か》わらない。

もしかすると、新《あたら》しい校長先生《こうちょうせんせい》は、うちらのことや、４年生《ねんせい》のとき学校《がっこう》であったことを、耳《みみ》にしてる？　そう思《おも》ったら、うちもなんだか不安《ふあん》になってきちゃった。

校長先生《こうちょうせんせい》に直接《ちょくせつ》きかないかぎり、どういう意味《いみ》だったのか、真相《しんそう》はナゾのままだけど。

豆田《まめだ》校長《こうちょう》のころは、本当《ほんとう》にいろいろあったからなあ……。

「あ、そーだ！　新《あたら》しい5年《ねん》の担任《たんにん》って、だれになるんだろうな！」

ふと、藤司《とうじ》が思《おも》いだしたように言《い》った。

「え、担任《たんにん》の先生《せんせい》は、かわるかもしれないの!?」

そうか……！

クラス替《が》えがないから、クラスメイトはいっしょだって、安心《あんしん》してたけど。

担任《たんにん》の先生《せんせい》によって、クラスのふんいきは変《か》わるのかも。

進級《しんきゅう》するって、やっぱり、いろいろと変化《へんか》があるんだ。

なんだか、ますます不安《ふあん》になってきちゃったよ……。

心《こころ》がピリッとひりついたとき、

「きびしくない先生《せんせい》だといいけどなー。あと、宿題《しゅくだい》あんまり出《だ》さない先生《せんせい》!!」

「「！　……ふはっ」」

藤司《とうじ》ののんびりした声《こえ》に、うちとかえでは、思《おも》わず吹《ふ》きだした。

「なんだよー。大事《だいじ》だろ、宿題《しゅくだい》の量《りょう》は!!　放課後《ほうかご》に遊《あそ》べる時間《じかん》も変《か》わるし――」

力説《りきせつ》する藤司《とうじ》を見《み》て、かえではくすくす笑《わら》ってる。

うちも、いつの間《ま》にか、笑顔《えがお》で藤司《とうじ》と言《い》いあっていた。

3 鈴華《すずか》ちゃんのチャレンジ宣言《せんげん》！

始業式《しぎょうしき》が終《お》わって、教室《きょうしつ》にもどってきたうちらに、教卓《きょうたく》の上《うえ》からむきあったのは。

「──と、いうわけで。また一年《いちねん》、みんなよろしくね」

左野先生《さのせんせい》だったんだ！

去年《きょねん》からの持《も》ち上《あ》がりで、今年《ことし》も担任《たんにん》なんだって。

クラスに、ほっとしたような空気《くうき》が流《なが》れてる。

また左野先生《さのせんせい》が担任《たんにん》で、うれしそうな子《こ》もいれば。

中《なか》には、不満《ふまん》そうな顔《かお》をしてる子《こ》もいるかな？

ちらっと見《み》あげてみると、左野先生《さのせんせい》は落《お》ちついた様子《ようす》で、うちら生徒《せいと》のことを、ゆっくり見《み》まわしていた。

なんだろう。

ちょっとスッキリしたような顔《かお》をしてるような？

もれきこえる会話《かいわ》に耳《みみ》を澄《す》ますような間《ま》を、たっぷりとったあと、先生《せんせい》は、もう一度《いちど》口《くち》を開《ひら》く。

「――去年《きょねん》の僕《ぼく》は……正直《しょうじき》言《い》って、みんなのお手本《てほん》になれる先生《せんせい》では、なかったかもしれない」

その真剣《しんけん》な声音《こわね》に、下《した》をむいていた子《こ》も、ハッと顔《かお》を上《あ》げる。

クラスのみんなの目《め》が、左野先生《さのせんせい》に集《あつ》まった。

「でも、みんなが1つ成長《せいちょう》して、学年《がくねん》があがったように、僕《ぼく》もみんなといっしょに成長《せいちょう》していきたい。僕《ぼく》の成長《せいちょう》も、この1年《ねん》で、みんなに見《み》せていきたいと思《おも》うんだ。どうか、みんなで力《ちから》を合《あ》わせて、去年《きょねん》よりもっと、いいクラスにしていこう！」

先生《せんせい》が、宣言《せんげん》するようにそう言《い》うと。

教室《きょうしつ》の中《なか》で、1人《ひとり》、また1人《ひとり》と、拍手《はくしゅ》が広《ひろ》がっていって。

まばらだった拍手《はくしゅ》が、やがて1つの大《おお》きな音《おと》になった。

「ありがとう。えーと、じゃあ新学期《しんがっき》だから自己紹介《じこしょうかい》を――って、僕《ぼく》らには必要《ひつよう》なかったね！」

左野先生《さのせんせい》がおどけたようにそう言《い》うと、どっと笑《わら》いが起《お》こる。

そうだよ、去年《きょねん》と同《おな》じメンバーなんだからね！

左野先生《さのせんせい》も笑《わら》いながら、白《しろ》いチョークをとって黒板《こくばん》に**〈係決《かかりぎ》め〉**と書《か》いた。

「じゃあさっそく、前期《ぜんき》の係決《かかりぎ》めをしちゃおうか。まず、学級委員《がっきゅういいん》だね。立候補《りっこうほ》してくれる人《ひと》は、いるかな？」

シ――――ン……。

ついさっきまでの、にぎやかなクラスから打《う》って変《か》わって、静《しず》かになる。

よくきき慣《な》れた、ハキハキした声《こえ》がひびくのを、みんな待《ま》ってるんだ。

でも、いつまで経《た》っても、あのよく通《とお》る声《こえ》がきこえてくることはなくて。

ふしぎそうに、ちらっとふりむく子《こ》が出《で》てくる。

うちも、みんなの視線《しせん》が集《あつ》まっている、鈴華《すずか》ちゃんに目《め》をやる。

去年《きょねん》、鈴華《すずか》ちゃんが学級委員《がっきゅういいん》をやってる姿《すがた》は、すごく板《いた》についていた。

てっきり、鈴華《すずか》ちゃんがしゃきっと手《て》を挙《あ》げて、立候補《りっこうほ》すると思《おも》ったんだけど……。

鈴華《すずか》ちゃん、どうしたんだろう？

鈴華《すずか》ちゃんは、だまったままつくえに視線《しせん》を落《お》として、ぱちぱちとまばたきしてる。

あ……もしかして、去年《きょねん》も学級委員《がっきゅういいん》だったから、今回《こんかい》はゆずろうとしてるとか？

「ええと……推薦《すいせん》なんですけど、私《わたし》は、今年《ことし》も北大路《きたおおじ》さんにおねがいしたいです」

1人《ひとり》が手《て》を挙《あ》げたのを皮切《かわき》りに、

「賛成《さんせい》！　北大路《きたおおじ》、まとめるのうまいもんな」

「たしかに！　こういうのは北大路《きたおおじ》が適任《てきにん》だよな」

どんどん、鈴華《すずか》ちゃんを推《お》す声《こえ》があがる。

みんなの視線《しせん》にこたえるように、鈴華《すずか》ちゃんがゆっくり立《た》ちあがった。

みんな、さっと拍手《はくしゅ》の準備《じゅんび》をする。

うちもつられるように、両手《りょうて》を胸《むね》の前《まえ》に持《も》ってくる。

「――ごめんなさい。今回《こんかい》の学級委員《がっきゅういいん》はべつの人《ひと》におねがいしたいです」


えっ？

鈴華《すずか》ちゃんの言葉《ことば》に、みんなの開《ひら》きかけた両手《りょうて》が、ピタッと止《と》まった。

「私《わたし》は今年《ことし》、児童会《じどうかい》に入《はい》りたいと思《おも》っているの。初《はじ》めてだけど、全力《ぜんりょく》でがんばりたいから……期《き》待《たい》してもらえるのはすごくうれしいんだけど、今年《ことし》の学級委員《がっきゅういいん》は辞退《じたい》させてください」

てっきり、鈴華《すずか》ちゃんが引《ひ》きうけてくれると思《おも》っていた、うちら。

予想外《よそうがい》な答《こた》えに、教室《きょうしつ》がまた静《しず》かになった。

「北大路《きたおおじ》が児童会《じどうかい》か。それはたのもしいな。学級委員《がっきゅういいん》を兼《か》ねることもできるけど……そうだね。クラスの代表《だいひょう》としてみんなをまとめるのも、大切《たいせつ》なお仕事《しごと》だから。この機会《きかい》に、ほかのみんなにも、学級委員《がっきゅういいん》を経験《けいけん》してみてほしいな。どうだろう？」
左野先生《さのせんせい》が、もう一度《いちど》クラスを見《み》まわす。
そうだよね。
リーダー的《てき》な役割《やくわり》が得意《とくい》だからって、いつもしなくちゃいけないわけじゃない。
たのもしい鈴華《すずか》ちゃんに、無意識《むいしき》にたよりすぎちゃってたな……。

うーん、どうしよう。

うち、やってみたい気持《きも》ちはあるんだけど。

できるかな？

去年《きょねん》の９月《がつ》に転校《てんこう》してきたから、春《はる》や夏《なつ》の緑田小《みどりだしょう》のこと、なんにも知《し》らないんだよね。

流《なが》れを知《し》らないうちが、みんなを引《ひ》っ張《ぱ》っていくのは、むずかしいかも……。

うちが、決心《けっしん》がつかずにいたとき、

「はい。あの……じゃああたし、立候補《りっこうほ》したいです！」

すっと手《て》を挙《あ》げた子《こ》がいた。

沢渡《さわたり》さんだ！

沢渡風音《さわたりかざね》ちゃんは、小柄《こがら》だけど、運動神経《うんどうしんけい》がよくて、サッカーが上手《じょうず》な子《こ》。

さっぱりした性格《せいかく》で、男子《だんし》とも女子《じょし》ともなかよく話《はな》しているところをよく見《み》かける。

そんな沢渡《さわたり》さんなら、クラスをうまくまとめられるんじゃないかな。

「沢渡《さわたり》さん、立候補《りっこうほ》ありがとう。ほかに立候補者《りっこうほしゃ》がいなければおねがいしようと思《おも》うけど、どうかな？」

先生《せんせい》の言葉《ことば》に、みんなから、わっと拍手《はくしゅ》が起《お》こる。

「ありがとう。せいいっぱいがんばります！」

満場一致《まんじょういっち》で決《き》まって、沢渡《さわたり》さんは、ぺこっとおじぎをした。

鈴華《すずか》ちゃんも拍手《はくしゅ》しながら、少《すこ》しほっとした顔《かお》をしてる。

立候補《りっこうほ》した沢渡《さわたり》さんは、もちろん。

「立候補《りっこうほ》しないことにした」鈴華《すずか》ちゃんにとっても、チャレンジだったのかもしれない。

「沢渡《さわたり》さん、なにかわからないことがあったら、なんでもきいてね。去年《きょねん》までの話《はなし》しかできないけれど……」

「うん、もちろん！　鈴華《すずか》ちゃんも、あたしが気《き》づいてないことがあったらビシバシ言《い》っててよ！」

おたがいに言《い》いあう鈴華《すずか》ちゃんと沢渡《さわたり》さんを見《み》て、なんだか、うちもうれしくなった。

4 新生《しんせい》サッカークラブ……は、前途多難《ぜんとたなん》!?

「わーっ、急《いそ》げ急《いそ》げ！」

うちと沢渡《さわたり》さんは、体操服《たいそうふく》に着《き》がえ終《お》わると、急《いそ》いで更衣室《こういしつ》をとびだす。

5時間目《じかんめ》の授業《じゅぎょう》がちょっと長引《ながび》いて、教室《きょうしつ》を出《で》るのがおそくなっちゃったんだ。

着《き》がえる必要《ひつよう》のないクラブはよゆうだけど。

うちら運動部系《うんどうぶけい》は、大《おお》あわて！

クラブ活動《かつどう》の集合場所《しゅうごうばしょ》である、大《おお》きな桜《さくら》の木《き》の下《した》めがけて走《はし》っていると、

「そんなにあせんなくていいよ。まだ時間《じかん》ある」

先《さき》を歩《ある》いていた吉良《きら》くんに追《お》いついたとき、そう声《こえ》をかけられた。

「あ、ほんとだ。うちらの早着《はやき》がえの成果《せいか》かな？」

「あかねちゃん、ホントに速《はや》かったよね。**ズボッ！　バサッ！　終《お》わり！**　て」

うちと沢渡《さわたり》さんは、超高速《ちょうこうそく》の着《き》がえの話《はなし》で笑《わら》いあう。

「あかねちゃん、今日《きょう》からクラブ活動《かつどう》でもよろしくねー！」

「こちらこそ！　沢渡《さわたり》さんといっしょにサッカーできてうれしい！　藤司《とうじ》が抜《ぬ》けてさみしかったしね」

今年《ことし》から、藤司《とうじ》は、かねての希望《きぼう》だった、金管《きんかん》クラブに転部《てんぶ》した。

そして、代《か》わりに、沢渡《さわたり》さんが入《はい》ってきてくれたんだ！

「あたしも、あかねちゃんがいっしょで安心《あんしん》だよ。吉良《きら》くんもよろしく」

「おう」

あいかわらずクールな吉良《きら》くん。

でも、自然《しぜん》とうちらと足《あし》なみがそろって、いっしょに集合場所《しゅうごうばしょ》を目指《めざ》す。

「じつはあたし、また外部《がいぶ》のサッカーチームに通《かよ》いはじめたんだ」

と、沢渡《さわたり》さん。

「えーっ、そうだったんだ！　最初《さいしょ》の『チャレンジ』で、沢渡《さわたり》さんがすごくサッカーが上手《じょうず》なのを知《し》ってから、ずーっといっしょにプレイしてみたいって思《おも》っていたんだよね！　どう調子《ちょうし》は？」

「体《からだ》がなまってて、ぜんぜん動《うご》けないの。でも、やっぱりサッカーするのって楽《たの》しいなって」

そう話《はな》す沢渡《さわたり》さんは、いきいきしている。

沢渡《さわたり》さんは、つづけて吉良《きら》くんにもたずねる。

「吉良《きら》くんは？　どこかのチームに入《はい》ってるの？」

「いや、とくには」

「えーっ、なのにあんなにうまいんだ。センスあるんだね」

「あー……いとこにサッカー好《ず》きがいて、よく遊《あそ》んでたからかも」

「へー！　親戚《しんせき》といっしょにできるなんて、いいなあ」

そんなふうに3人《にん》で話《はな》していると、桜《さくら》の木《き》の下《した》に着《つ》いた。

先輩《せんぱい》たちは、コーチがくる前《まえ》から、柔軟《じゅうなん》したり、かるくボールパスをしたりしてる。

そのまわりには、見慣《みな》れない子《こ》たちが3人《にん》くらい。

緊張《きんちょう》した面持《おもも》ちで、先輩《せんぱい》たちのことを見《み》つめている。

わあっ、きっと入部希望《にゅうぶきぼう》の4年生《ねんせい》なんだろう。

こうして見《み》ると、4年生《ねんせい》と6年生《ねんせい》では、体格《たいかく》がぜんぜんちがう。

去年《きょねん》の6年生《ねんせい》の先輩《せんぱい》は卒業《そつぎょう》しちゃったけど、こうして沢渡《さわたり》さんも、新《あたら》しく4年生《ねんせい》も、入《はい》ってくる。

このメンバーで、また新《あたら》しいチームができるんだなあ！

なんて思《おも》っていると。

「お、風音《かざね》ちゃんじゃん！」

「なに、サッカークラブ入《はい》るの？」

6年《ねん》の2人《ふたり》――志水先輩《しみずせんぱい》と樹先輩《いつきせんぱい》が、こっちに駆《か》けよってきた。

「あ、はい、これから、よろしくです！」

「よろしく！　沢渡先輩《さわたりせんぱい》はどう？　元気《げんき》してる？」

おや？

この「先輩《せんぱい》」っていうのは、沢渡《さわたり》さんのお兄《にい》さんのこと、かな？

「それはもう！　中学《ちゅうがく》で、あいかわらずサッカーバカやってますよ、おにぃは！」

「ははは、変《か》わってないなあ」

沢渡《さわたり》さんがちょっと強《つよ》めの口調《くちょう》で言《い》うと、先輩《せんぱい》たちは楽《たの》しそうに笑《わら》う。

沢渡《さわたり》さんが、うちのほうを見《み》て、ぺろっと舌《した》を出《だ》した。

「あたしのお兄《にい》ちゃん、けっこう顔広《かおひろ》くてさ。こうやって声《こえ》かけられること、多《おお》いんだよね」

そんなふうに、沢渡《さわたり》さんとおしゃべりしていると。

時間《じかん》ピッタリに、去年《きょねん》と同《おな》じ、外部《がいぶ》のコーチがやってきた。

コーチは、この学校《がっこう》の卒業生《そつぎょうせい》で、今《いま》は大学生《だいがくせい》なんだって。

放課後《ほうかご》になると、うちらに教《おし》えにきてくれるんだ。

「よし、そろってるな。メンバーが新《あたら》しくなったことだし、自己紹介《じこしょうかい》していこうか」

コーチにうながされて、新《しん》4年生《ねんせい》たちから、1人《ひとり》ずつあいさつしていく。

新顔《しんがお》の最後《さいご》に、背《せ》が高《たか》くて細身《ほそみ》な子《こ》が、緊張《きんちょう》した面持《おもも》ちで口《くち》を開《ひら》く。

「えっと、僕《ぼく》、新田優季《にったゆうき》と言《い》います……！　初心者《しょしんしゃ》ですが、がんばるので、よろしくおねがいしますっ」

ガバッと頭《あたま》を下《さ》げた優季《ゆうき》くんに、うちはエールを送《おく》るように、拍手《はくしゅ》する。

「4年生《ねんせい》は、この3人《にん》だな。じゃあ次《つぎ》、5年生《ねんせい》よろしく」

「双葉《ふたば》あかねです！　よろしくおねがいします！」

「吉良辰紅《きらたつく》です。よろしくおねがいします」

「沢渡《さわたり》です！　サッカーがやりたくて、今年《ことし》から転部《てんぶ》してきました。外《そと》のクラブチームにも入《はい》っていて、そっちではＭＦ《ミッドフィールダー》してます！　よろしくです！」

沢渡《さわたり》さんはかるく頭《あたま》を下《さ》げてから、照《て》れたみたいに前髪《まえがみ》をちょこっと整《ととの》える。

「へえ、どこのチームなんだろう！」——なんて。

4年生《ねんせい》たちが、沢渡《さわたり》さんに興味津々《きょうみしんしん》のまなざしをむける一方《いっぽう》で。

新《しん》6年生《ねんせい》の反応《はんのう》は――

あれ？　なんだか気《き》に入《い》らなそうな顔《かお》？

去年《きょねん》からいっしょの市池先輩《いちいけせんぱい》と三久保先輩《みくぼせんぱい》が、なぜか、むっとした顔《かお》で沢渡《さわたり》さんを見《み》てるんだ。

そのあと、順番《じゅんばん》がまわってきた自己紹介《じこしょうかい》でも、そっけなかったし。

そういえば、あの2人《ふたり》とは、うち、あんまり会話《かいわ》したことがなかったっけ。

「じゃあ今年《ことし》は、この10人《にん》で楽《たの》しく活動《かつどう》していこうな」

コーチの前向《まえむ》きな言葉《ことば》に、うちらはそろって「はい！」と大《おお》きく返事《へんじ》した。

「じゃあ、今日《きょう》は初回《しょかい》だし……かるくボールコントロールの練習《れんしゅう》をしようか」

「コーチ、ワンバウンドリフティングしたいです！」

うちが手《て》を挙《あ》げて言《い》うと、

「おお、いいな。それじゃあ、言《い》い出《だ》しっぺの双葉《ふたば》、見本《みほん》をやってくれるか」

「は――い！」

コーチが、**ぽん**とサッカーボールを投《な》げてくれる。

うちはボールを受《う》けとると、胸《むね》の高《たか》さから、垂直《すいちょく》にボールを落下《らっか》させる。

まっすぐ跳《は》ねかえったボールを、利《き》き足《あし》である右足《みぎあし》の甲《こう》で蹴《け》りあげて、

ポーン

地面《じめん》に着《つ》いて、再《ふたた》びバウンドしたボールを、また右足《みぎあし》で蹴《け》りあげる。

ポーン　ポーン

「こんな感《かん》じでつづけて、うまくできたら、今度《こんど》は利《き》き足《あし》だけじゃなくて、左右交互《さゆうこうご》にリフティングする――って感《かん》じですよね！」

「おーうまっ！」って4年《ねん》の子《こ》がほめてくれて、わるい気《き》はしない。

「双葉《ふたば》、実演《じつえん》ありがとう。それじゃあ、春休《はるやす》み明《あ》けだし、みんなでやってみよう」

1人《ひとり》1つずつボールを受《う》けとって、さっそく練習《れんしゅう》スタート！

沢渡《さわたり》さんは、さすがのボールさばきで、軽快《けいかい》にボールを操《あやつ》ってる。

吉良《きら》くんも、クールにこなしているし、6年生《ねんせい》の4人《にん》も、よゆうの表情《ひょうじょう》だ。

4年生《ねんせい》は、というと――。

「よっしゃ、20回《かい》できた！」

「俺《おれ》も！」

自己紹介《じこしょうかい》でチームに入《はい》ってると言《い》っていた2人《ふたり》は、やっぱりうまい。

これはいっしょにプレイできるのが楽《たの》しみだあと、心《こころ》の中《なか》で、先輩風《せんぱいかぜ》を吹《ふ》かせていると。

ボンッ！

「おわっ⁉」

うちが蹴《け》りあげていたボールに、わきからべつのボールがぶつかってきて、あさっての方向《ほうこう》へ吹《ふ》っとんでしまう。

「わあっ、あかね先輩《せんぱい》、す、すみません！」

どうやら、うちのボールを弾《はじ》いたのは優季《ゆうき》くんのボールだったみたいだ。

全力疾走《ぜんりょくしっそう》で、うちのボールもとってきてくれる。

「ありがとね。ぜんぜん気《き》にしないで」

「はっはい！」

優季《ゆうき》くんはペコーッと深《ふか》くおじぎして、駆《か》け足《あし》でもとの場所《ばしょ》にもどっていく。

なんだか、動《うご》きがあわただしい子《こ》だな。

うちは水分補給《すいぶんほきゅう》しつつ、優季《ゆうき》くんの様子《ようす》をちらりとながめる。

「わっ……おっとっと……」

「わあっ！」

「うーん……」

無意識《むいしき》なのか、たまにひとりごとを言《い》いながら、がんばってる。

利《き》き足《あし》で挑戦《ちょうせん》してるみたいだけど、ボールがあっちこっちにいって、なかなかつづかない。

うちが見《み》ていたかぎり、３回《かい》が限界《げんかい》みたいだ。

コーチも気《き》にしていたようで、優季《ゆうき》くんに声《こえ》をかける。

「足首《あしくび》をしっかり固定《こてい》して、ボールに回転《かいてん》をかけないように蹴《け》りあげるんだ」

「はっはい、すみませんっ！」

でも、逆《ぎゃく》に緊張《きんちょう》しちゃったのか、ますますうまくいかないみたい。

飛《と》んでいったボールを追《お》いかけてはもどって、また始《はじ》めるけど……。

あわわわ……。

どんどんあせった表情《ひょうじょう》になってきて、今《いま》にも泣《な》きだしてしまいそうだ。

放《ほう》っておけなくなったうちは、自分《じぶん》のボールを両手《りょうて》でキャッチして止《と》めた。

それから優季《ゆうき》くんのほうへいく。

「優季《ゆうき》くん、ちょっと力《りき》みすぎちゃってるかも。まわりを気《き》にせずにやってみな」

「は、はい。でも、さっきみたいに、ほかの人《ひと》のボールにぶつかったら……」

「ヘーキヘーキ！　じゃああたし、飛《と》んでったボールの回収係《かいしゅうがかり》するよ！」

わあ、沢渡《さわたり》さんもサポートにきてくれた！

「えっ！　……あっ、ありがとうございます……！」

優季《ゆうき》くんはおどろいた様子《ようす》だったけど、すなおにうちらを受《う》けいれてくれた。

「こ……こうですか？」

「そうそう、そのくらいの力《ちから》で大丈夫《だいじょうぶ》！　あとは、コーチが言《い》ってたみたいに足首《あしくび》の固定《こてい》を意識《いしき》だよっ」

ガチガチになってた体《からだ》を直《なお》すと、だんだんボールが垂直《すいちょく》にバウンドするようになってくる。

そのうち、利《き》き足《あし》でなら、安定《あんてい》してつづくようになってきた。

「やったぁ、20回《かい》できました……！」

「うんっ、いい感《かん》じじゃん！　落《お》ちついてやれば、できるよー」

「はいっ！」

優季《ゆうき》くんは、ちょっとあせりやすいだけで、センスがないわけじゃない。

自信《じしん》をもって練習《れんしゅう》すれば、ほかの4年生《ねんせい》くらい、うまくなるはずだ。

「あかね先輩《せんぱい》、風音先輩《かざねせんぱい》、ありがとうございます……！」

優季《ゆうき》くんが、心底《しんそこ》うれしそうな顔《かお》で、また頭《あたま》を下《さ》げる。

よかった。サッカーがきらいにならないでくれたら、いいな。

後輩《こうはい》の力《ちから》になれて、うれしく思《おも》ったときだった。

背後《はいご》から、クツクツと、イヤな感《かん》じの笑《わら》い声《ごえ》がきこえてきた。

「……？」

ふりむくと、市池先輩《いちいけせんぱい》と三久保先輩《みくぼせんぱい》がそろって、こっちを見《み》てニヤニヤ笑《わら》ってる。

なんだか、イヤな感《かん》じ。

「……あの、なにかありました？」

「いやいや。すげーなって思《おも》って見《み》てたんだよ。あかねも沢渡《さわたり》も、めんどう見《み》いいじゃん」

「わざわざ自分《じぶん》からヘタクソの相手《あいて》してくれるの、助《たす》かるわー」

「……！　そんな言《い》い方《かた》はないんじゃないですか。だれでも最初《さいしょ》からカンペキにできるわけないし」

うちが、むっとして言《い》い返《かえ》すと、先輩《せんぱい》はへらっと笑《わら》う。

「まあたしかに、おまえらが新田《にった》が使《つか》えるようになるまで、支《ささ》えてくれるならちょうどいいよな」

「だな。なら、あかねと沢渡《さわたり》は、『マネージャー』ってことでいいじゃん？」

「サッカー部員《ぶいん》の『女子《じょし》』って言《い》ったら、フツーはマネージャーだしな」

「「……！」」

なんでそこで、急《きゅう》にマネージャーって役《やく》割《わり》が出《で》てくるの？

「あの、どーいう意味《いみ》ですか？　あたし、よくわからないんですけど」

沢渡《さわたり》さんも、うちと同《おな》じように、かたい声《こえ》になる。

「だからさ。サッカーに関《かか》わりたくてサポートがしたいなら、選手《せんしゅ》じゃなくていいだろ」

……！　なにそれ。

「うちは、自分《じぶん》でサッカーをプレイするのが好《す》きなんです。同時《どうじ》に、うまくなりたい人《ひと》がいたら助《たす》けたいです。どっちか一方《いっぽう》じゃありません！　それに、先輩《せんぱい》たちの言《い》い方《かた》って、マネージャーは女子《じょし》の仕事《しごと》って決《き》めつけるみたいで、一生《いっしょう》けん命《めい》やってる人《ひと》

に、失礼《しつれい》だと思《おも》います」

「あたしもそう思《おも》います。プレイヤーかマネージャーか、性別《せいべつ》は関係《かんけい》ない。決《き》めるのは、自分《じぶん》がなにをしたいか、ですよね？」

「あーはいはい、オンナってベラベラうるさいよな」

先輩《せんぱい》たちは肩《かた》をすくめて、「やれやれ」っていう仕草《しぐさ》をする。

そして、コーチのほうをむく。

「コーチ！　そろそろ、基礎練終《きそれんお》わりにしませんかー！」

三久保先輩《みくぼせんぱい》の大《おお》きな声《こえ》に、４年生２人《ねんせいふたり》に熱心《ねっしん》に指導《しどう》していたコーチがふりむく。

指導《しどう》を終《お》えて、４年《ねん》といっしょにこちらに歩《ある》いてくる。

「ん、そうだな。じゃあ……もう少《すこ》し実戦的《じっせんてき》な練習《れんしゅう》をしようか」

「あっ、でも……」

優季《ゆうき》くんが、心残《こころのこ》りっぽい顔《かお》をする。

そうだよね、ちょっとコツがつかめたかな？　って思《おも》えたところだったもん。

「じゃあ、新田《にった》は、たのもしい5年《ねん》にもうちょっと教《おし》えてもらえよ」

「コーチは、俺《おれ》たちの指導《しどう》おねがいします！」

「うーん、そうだな……」

コーチは言《い》いよどんで、こまった顔《かお》をしてる。

優季《ゆうき》くんをおいてきぼりにしたくはないけど、先輩《せんぱい》たちのやる気《き》にもこたえたいって感《かん》じだ。

「じゃあ優季《ゆうき》くん、よかったら、今度《こんど》、自主練《じしゅれん》つきあうよ」

「あたしもっ」

うちと沢渡《さわたり》さんが声《こえ》をかけると、

「いいんですか……？」

優季《ゆうき》くんは、先輩《せんぱい》たちのほうを気《き》にしながら言《い》う。

「もちろんだよ。……さっき先輩《せんぱい》たちが言《い》ったこと、気《き》にしなくていいからね」

うちが大《おお》きくうなずくと、優季《ゆうき》くんは、やっとほっとした表情《ひょうじょう》を見《み》せてくれた。


クラブ活動《かつどう》が終《お》わって、片《かた》づけをしていると。

「じゃあな、マネージャー」

またあの2人《ふたり》が、うちらに対《たい》して当《あ》てつけるように言《い》ってくる。

「おい、市池《いちいけ》も三久保《みくぼ》も、いいかげんにしろよ」

「なんであかねと風音《かざね》ちゃんにつっかかるんだよ。なかよくやろうぜ」

去年《きょねん》からうちと仲《なか》がいい志水先輩《しみずせんぱい》と樹先輩《いつきせんぱい》が、見《み》かねた様子《ようす》で、間《あいだ》に入《はい》ってくれた。

すると、市池先輩《いちいけせんぱい》たちが、2人《ふたり》をにらみつける。

「おまえらこそ、なんで平気《へいき》で受《う》け入《い》れてるんだよ」

「絶対《ぜったい》、前《まえ》みたいに男子《だんし》だけのチームのほうが、楽《たの》しかったじゃん」

「……！」

——「男子《だんし》だけのほうが」。

言《い》われて、うちはドキッとする。

「べつに、俺《おれ》はそう思《おも》わないよ」

志水先輩《しみずせんぱい》が、そう反論《はんろん》してくれるけど。

市池先輩《いちいけせんぱい》と三久保先輩《みくぼせんぱい》が、イラついた表情《ひょうじょう》で語気《ごき》を強《つよ》める。

「あかね1人《ひとり》なら、こいつだけ特例《とくれい》ってことでギリ大目《おおめ》に見《み》たけど。今年《ことし》はさらにもう1人女子《ひとりじょし》が入《はい》ってくるわ、戦力《せんりょく》だった藤司《とうじ》は抜《ぬ》けちまうわで、散々《さんざん》だぜ」

「オンナがまざると居心地《いごこち》わるいし。なんか『一体感《いったいかん》』がなくて、盛《も》りあがれないよな」

「そのオンナって言《い》い方《かた》やめろよ。あかねはあかねだし、風音《かざね》ちゃんは風音《かざね》ちゃんだろ」

「いやいや、オンナじゃん」

市池先輩《いちいけせんぱい》が、ふんと鼻《はな》で笑《わら》う。

「去年《きょねん》は、先輩《せんぱい》たちが気《き》を遣《つか》ってるのがわかったから、文句言《もんくい》わなかったけどよ」

「いなくなった豆田校長《まめだこうちょう》の言《い》ってること、べつにまちがってなかったよなー。男《おとこ》は男《おとこ》、女《おんな》は女《おんな》でまとまってたほうがいいんだって。ワガママなやつのせいでルール変《か》えられて、迷惑《めいわく》だわ」

「…………！」

うちは、ショックで、立《た》ちすくんでしまう。

――去年《きょねん》、うちはサッカークラブで、楽《たの》しく活動《かつどう》できてるって思《おも》ってたけど。

それは、6年《ねん》の先輩《せんぱい》が気遣《きづか》ってくれてただけだったの……？

藤司《とうじ》のフォローのおかげも大《おお》きかったのかもしれない。

うちがなにも言《い》えずにいると、

「……仮《かり》に、前《まえ》とはクラブのふんいきが変《か》わったとして。あかねがきてチームが強《つよ》くなったことは、よかったんじゃないですか？」

吉良《きら》くんが、静《しず》かに言葉《ことば》を発《はっ》した。

「まあ、それはそうかもだけど……でもやっぱ、ちがうんだよ」

三久保先輩《みくぼせんぱい》はそう言《い》って、ふーっと息《いき》をはいた。

……吉良《きら》くんは、うちをかばってくれたんだろうけど。

それだと、「サッカーの得意《とくい》な女子《じょし》ならまざってもいい」ってことになる。

じゃあ、うまくない女子《じょし》はダメなの？

そんなの、おかしい……と思《おも》うけど、うまく言葉《ことば》が出《で》てこない。

緊張感《きんちょうかん》のある沈黙《ちんもく》がつづく中《なか》、校舎《こうしゃ》から、ぞろぞろとランドセルを背負《せお》った生徒《せいと》が出《で》てきた。

そろそろ、どのクラブも活動《かつどう》が終《お》わる時間《じかん》だ。

うちらも、早《はや》く着《き》がえて下校《げこう》の準備《じゅんび》をしないと。

「は～、だる」

「今年《ことし》のサッカークラブは期待《きたい》できないな」

そんなことを言《い》いながら、市池先輩《いちいけせんぱい》たちが先《さき》に校舎《こうしゃ》にむかう。

うちは、そのうしろ姿《すがた》を、ぼうぜんと見送《みおく》るしかできなかった。

楽《たの》しみにしていたクラブ活動《かつどう》が、まさか、こんなスタートを切《き》るなんて。

うちの心《こころ》の中《なか》に、暗雲《あんうん》がうず巻《ま》きはじめた――。

5 新《しん》入《にゅう》部《ぶ》員《いん》は正《せい》反《はん》対《たい》キャラ!?

「藤司《とうじ》くん、いよいよだね」

帰《かえ》りの会《かい》を終《お》えて、クラブに移動《いどう》する準備《じゅんび》をしながらも、にぎやかな教室《きょうしつ》。

ぼく——かえでがほほえむと、藤司《とうじ》くんは満面《まんめん》の笑《え》みでうなずく。

「おう。おれ、ワクワクして、昨日《きのう》はあんまり寝《ね》られなかった！」

「念願《ねんがん》の金管《きんかん》クラブに転部《てんぶ》できるんだもんね」

藤司《とうじ》くんは、去年《きょねん》はサッカークラブに所属《しょぞく》してた。

藤司《とうじ》くんはすごくサッカーが上手《じょうず》で、カッコいい。

だけど、じつは第《だい》一希望《きぼう》は、金管《きんかん》クラブだったんだって。

でも、去年《きょねん》までは、女子《じょし》しか入《はい》れないクラブってことになっていたから、入部《にゅうぶ》が許可《きょか》されなかったんだ。

「朝《あさ》から、ずっと、そわそわしてたでしょ？」

「えっ！　おれ、そんなにわかりやすかった？」

「うんっ、とっても」

ぼくは、自分《じぶん》のつくえのまわりをぐるぐるしてた藤司《とうじ》くんを思《おも》いだして、くすっと笑《わら》う。

藤司《とうじ》くんは顔《かお》を赤《あか》くして、頭《あたま》をかく。

「ええ～……おれ、なんかダサいけど……まっ、いっか。かえでがずっとおれを見《み》てたって、なんかうれしいし」

「えっ……」

言《い》われたぼくも、自分《じぶん》のほおが熱《あつ》くなっていくのがわかった。

「きょ、今日《きょう》は、クラブでどんなことをするのかな？」

「楽器《がっき》の担当決《たんとうぎ》めのために、いろんな楽器《がっき》に触《さわ》らせてもらえるらしい。おれはもう、トランペットって決《き》めてるけどな！」

「トランペットの音《おと》って、すごく元気《げんき》で、よくひびくよね。藤司《とうじ》くんにピッタリだと思《おも》うよっ」

「へへ。――かえで、ありがとな」

「？」

急《きゅう》にお礼《れい》を言《い》われて、ぼくは首《くび》をかしげる。

「おれが金管《きんかん》クラブに入《はい》れるようになったのは――だれでも、性別関係《せいべつかんけい》なくクラブを選《えら》べるようになったのは、あかねとかえでのおかげだろ」

ああ、そういうことか……！

でも。

「直接声《ちょくせつこえ》をあげたのはぼくたちだったけど、みんなが力《ちから》を貸《か》してくれたからだよ。みんなの気持《きも》ちがあったからこそ、だし。――藤司《とうじ》くんも、あこがれのトランペット、楽《たの》しんでねっ」

「おうっ！　じゃあおれ、いってくる！」

「うんっ。今度《こんど》、藤司《とうじ》くんの演奏《えんそう》、聴《き》かせてねっ」

ニコッと笑《わら》いあうと、藤司《とうじ》くんはランドセルを背負《せお》って、教室《きょうしつ》を出《で》る。

藤司《とうじ》くんが元気《げんき》いっぱい手《て》をふって、音楽室《おんがくしつ》を目指《めざ》すのを、ぼくは笑顔《えがお》で送《おく》りだした。

藤司《とうじ》くん、やる気《き》ですっごく燃《も》えてたなあ。

ぼくも、負《ま》けないぞっ。

藤司《とうじ》くんが出《で》ていったとびらの先《さき》を見《み》つめながら、気合《きあ》いを入《い》れる。

「あっ、凛《りん》ちゃん！」

ちょうど、藤司《とうじ》くんと入《い》れかわりで、凛《りん》ちゃんが職員室《しょくいんしつ》からもどってきた。

「日直《にっちょく》のお仕事《しごと》、おつかれさまっ」

「ありがとうかえでちゃん。日誌《にっし》も出《だ》せたし、図工室《ずこうしつ》へいこうかっ」

2人《ふたり》でいっしょに、教室《きょうしつ》を出《で》る。

なかよしの凛《りん》ちゃんとぼくは、同《おな》じおえかきクラブだ。

去年《きょねん》のおえかきクラブは、本当《ほんとう》に楽《たの》しかった。

だから今年《ことし》も、クラブを、楽《たの》しくて安心《あんしん》できる場《ば》にすることが、ぼくら2人《ふたり》の目標《もくひょう》なんだ！

大好《だいす》きな、去年《きょねん》の6年生《ねんせい》たちは卒業《そつぎょう》しちゃったけど。

新《しん》6年生《ねんせい》の先輩《せんぱい》たち、そしてぼくら5年生《ねんせい》が。

新《あたら》しく入《はい》ってくる4年生《ねんせい》の部員《ぶいん》にとって、卒業《そつぎょう》した先輩《せんぱい》たちみたいな存在《そんざい》になれたらって思《おも》う
——。

「今年《ことし》のおえかきクラブは、どんなことするのかなあ！」

「先生《せんせい》にやりたいって提案《ていあん》すれば、新《あたら》しいこともできるかもよっ」

凜《りん》ちゃんとおしゃべりしながら、活動場所《かつどうばしょ》の図工室《ずこうしつ》に着《つ》くと。

新《しん》6年生《ねんせい》の先輩《せんぱい》——ゆかり先輩《せんぱい》と、絵奈先輩《えなせんぱい》が、全開《ぜんかい》の笑顔《えがお》でふりかえった。

「また1年《ねん》よろしくねー、凜《りん》ちゃん、かえでちゃん！」

「こちらこそですっ！」

もし入部希望者《にゅうぶきぼうしゃ》がいれば、今日《きょう》からきてくれるはずなんだ！

どんな子《こ》がくるのかな？

少《すこ》しドキドキしながら、先輩《せんぱい》たちとおしゃべりしていると。

「わーっ、間《ま》に合《あ》ったあ！」

ガラッととびらが開《ひら》いたのと同時《どうじ》に、快活《かいかつ》な声《こえ》がとんできた。

ふりかえると、茶髪《ちゃぱつ》でちょっと日焼《ひや》けした男《おとこ》の子《こ》が、こちらをのぞきこんでいる。

わっ……もしかして、入部希望者《にゅうぶきぼうしゃ》かなっ？

と、ぼくがワクワクしていると。

「え、あの子《こ》、部屋《へや》まちがえてない？」「おえかきクラブってキャラじゃないよね？」

ゆかり先輩《せんぱい》と絵奈《えな》先輩《せんぱい》が、とまどい顔《がお》でささやきあってる。

うーん、言《い》われてみれば。

いかにも活発《かっぱつ》なふんいきで、あかねみたいに運動系《うんどうけい》のクラブに入《はい》りそうに見《み》える……。

すると、

「えーと。**さーせん**、ここ、おえかきクラブの教室《きょうしつ》で合《あ》ってますよね？」

男子《だんし》のほうが、先《さき》に口《くち》を開《ひら》いた。

「え！　う、うん、合《あ》ってるよ」

「よかった！　じゃ、**失礼《しつれい》しゃーっす！**」

男《おとこ》の子《こ》は大股《おおまた》で部屋《へや》に入《はい》ってくる。

と、そのうしろにもう1人《ひとり》。

ロングヘアの小柄《こがら》な女《おんな》の子《こ》が、つづいて入《はい》ってきた。

この子《こ》も、入部希望者《にゅうぶきぼうしゃ》……!?

「えっと、2人《ふたり》とも、入部希望《にゅうぶきぼう》ってことでいいのかな？」

「はいっ！　俺《おれ》、空本虎道《そらもととらみち》です！　**どーぞよろしくおねがいしゃっす！**」

虎道《とらみち》くんが、力《ちから》いっぱいうなずいてから、直角《ちょっかく》に頭《あたま》を下《さ》げる。

そのみなぎるパワーに、ぼくらおえかきクラブのメンバーは、ちょっと気《け》おされる。

「げ、元気《げんき》だね」

「じゃ、じゃあ、そちらの子《こ》も、自己紹介《じこしょうかい》をおねがいできるかな？」

みんなの視線《しせん》が、虎道《とらみち》くんから、もう１人《ひとり》の子《こ》へと移《うつ》る。

「…………」

……あれ？

口《くち》を開《ひら》くかと思《おも》ったら、ロングヘアの子《こ》はすぐには話《はな》しださなかった。

図工室《ずこうしつ》の中《なか》が、**し――――ん**、とする。

「…………やめぐ……です」

長《なが》――い沈黙《ちんもく》のあと、ほんのかすかに声《こえ》がきこえてきた。

耳《みみ》を澄《す》ましていたけど、ぼくはききとることができなかった。

「あの、ごめんね、もう1回教《おし》えてくれる？」

先輩《せんぱい》もそうだったみたいで、申《もう》しわけなさそうに言《い》う。

けれど、女《おんな》の子《こ》は顔《かお》をあげないまま、固《かた》まっている。

「あ、こっちは同《おな》じクラスの小町屋《こまちや》めぐです！　小町屋《こまちや》も、おえかきクラブに入部《にゅうぶ》したいそうです！」

代《か》わりに、虎道《とらみち》くんが何倍《なんばい》もの声量《せいりょう》で答《こた》えてくれた。

「そ、そうなんだね。じゃあ虎道《とらみち》くん、めぐちゃん、これからよろしくね」

「おねがいしゃーす！」「…………」

八重歯《やえば》を見《み》せてニカッとする虎道《とらみち》くんと。

長《なが》い髪《かみ》の毛《け》にほとんど顔《かお》を隠《かく》したままの、めぐちゃん。

正反対《せいはんたい》の2人《ふたり》にドギマギしながら、

「じゃあ、すわろすわろ！」

とりあえずぼくらは、図工室《ずこうしつ》の机《つくえ》のまわりに椅子《いす》を集《あつ》めて、円形《えんけい》にすわる。

5年《ねん》、そして6年《ねん》と、かわるがわる自己紹介《じこしょうかい》をしていく。

「じゃあ、最後《さいご》はあたしだね。６年《ねん》の筆本《ふでもと》ゆかりです！　えっと、知《し》らないかもだけど……『ギガノア』っていうマンガに最近《さいきん》ハマってるんだ」

「わ、やっぱり。ゆかり先輩《せんぱい》のランドセルについてるキーホルダー、主人公《しゅじんこう》っすよね！」

虎道《とらみち》くんが、さっとキーホルダーを指《ゆび》さす。

「え！　虎道《とらみち》くん、知《し》ってるの⁉　あたし、主人公推《しゅじんこうお》しなの！」

「俺《おれ》、推《お》しキャラはとくにないけど、コミックス持《も》ってるんで、何周《なんしゅう》も読《よ》んでるっす！」

すかさず、絵奈先輩《えなせんぱい》も身《み》を乗《の》りだす。

「へえ！　少年《しょうねん》マンガ好《ず》きな子《こ》まわりにいないから、うれしいなあ。ほかになに読《よ》んでるの？」

「えーと、最近《さいきん》おもしろいのだと——」

虎道《とらみち》くんが指折《ゆびお》り数《かぞ》えながら、マンガのタイトルをどんどん言《い》っていく。

ぼくは、知《し》らないのが多《おお》かったけど、けっこう幅広《はばひろ》く読《よ》んでるみたいで、マンガ好《ず》きの絵奈先《えなせん》輩《ぱい》とゆかり先輩《せんぱい》は、大興奮《だいこうふん》！

「すごいねっ、ぜんぶ家《いえ》にあるの？」

「近所《きんじょ》の銭湯《せんとう》にいろいろおいてあるから、親《おや》を待《ま》ちながら、なんでも読《よ》んでみるんっす！」

「ぎゃーそれいい！」

そして、先輩《せんぱい》たちは顔《かお》を見《み》あわせたあと、虎道《とらみち》くんに頭《あたま》を下《さ》げた。

「虎道《とらみち》くんが入《はい》ってきたとき、ビミョーな態度《たいど》とっちゃってごめんね」

「虎道《とらみち》くんって、サッカークラブとかに入《はい》りそうなふんいきに見《み》えたからビックリしちゃって」

「や、気《き》にしないでください。俺《おれ》、おえかきクラブの歩道橋《ほどうきょう》の虹《にじ》を見《み》て、ここに入《はい》ろうって決《き》めてたんっす！」

虎道《とらみち》くんの言葉《ことば》に、ぼくたちは思《おも》わず顔《かお》を見《み》あわせて笑顔《えがお》になる。

「わあ、あれ見《み》てくれたんだ！」

「今年《ことし》も、なんかやらないんすか？」

「どうかなー、あたしたちもまたやりたいなあ！」

虎道《とらみち》くんと先輩《せんぱい》たちは、ぽんぽん会話《かいわ》が盛《も》りあがってる。

凜《りん》ちゃんが、そんな3人《にん》を見《み》て、ぼくに耳打《みみう》ちした。

「虎道《とらみち》くん、すっかり先輩《せんぱい》たちとなじんでるね。すごいねっ」

「そうだね。ぼくたちも、なかよくなれそうだよね」

……ん、でも――。

「…………」

ちらっと横目《よこめ》で見《み》てみる。

もう1人《ひとり》の新入部員《しんにゅうぶいん》、小町屋《こまちや》めぐちゃんは。

さっきと変《か》わらない、うつむきかげんで、だまりこくっている。

あまりに静《しず》かで、動《うご》かないから、まるでお人形《にんぎょう》さんがすわっているみたい。

ぼくも人見知《ひとみし》りで、初《はじ》めての人《ひと》にかこまれて、うまくおしゃべりできない気持《きも》ちは、すごくわかる。

なにかフォローしてあげたいけど……。

めぐちゃんは顔《かお》をあげないから、話《はな》しかけられたくなさそうに見《み》えて、ためらってしまう。

ぼくは、そっと小声《こごえ》で凜《りん》ちゃんに言《い》う。

「緊張《きんちょう》、してるのかな……」

「このふんいきがニガテなのかも？」

うーん、そうか。

先輩《せんぱい》たちのおしゃべり、楽《たの》しいけど、すごくテンポが速《はや》くて、ついていくのが大変《たいへん》だもんね。

「1人《ひとり》のほうが落《お》ちつくタイプだとか……」

「それか……本当《ほんとう》は第一希望《だいいちきぼう》のクラブじゃなかったとか？」

「なるほど、気落《きお》ちしてるのかな？」

いろいろと想像《そうぞう》して、凜《りん》ちゃんと相談《そうだん》した結果《けっか》、

「あの、めぐちゃん。なにかあったら、エンリョなくきいてね」

と、ぼくは声《こえ》をかけてみた。

そのとたん、めぐちゃんの肩《かた》がビクリとした。

小《ちい》さな頭《あたま》が、こくんと小《ちい》さくうなずいたのは、わかった。

めぐちゃんは、そのあと先生《せんせい》がきても、顔《かお》を上《あ》げなかった。

「じゃあ今日《きょう》は、はじめての活動日《かつどうび》だから、自己紹介《じこしょうかい》の時間《じかん》にしよう。名前《なまえ》と学年《がくねん》、好《す》きなアニメやマンガ、絵描《えか》きさんの名前《なまえ》なんかを書《か》こうか。あとはー……絵《え》でも文字《もじ》でも、自由《じゆう》に描《か》いてみよう。おわったら、みんなで見《み》せあおうね」

先生《せんせい》が、テキパキと真《ま》っ白《しろ》な紙《かみ》を配《くば》ってくれる。

わあ、大《おお》きな紙《かみ》。

まずは……名前《なまえ》と学年《がくねん》と、みんなにひとこと、とかかな？

絵《え》は、なにを描《か》こうかなあ。

そうだ、歩道橋《ほどうきょう》に描《か》いた、ピンク色《いろ》の楓《かえで》の葉《は》にしようっ。

SNS《エスエヌエス》のアイコンみたいにしたら、おもしろいかも。

あまったスペースには、ぼくの好《す》きなうさぎを描《か》こう。

せっせと描《か》いていると、あっという間《ま》にみんなで見《み》せあう時間《じかん》になった。

やっぱり気《き》になるのは、新入部員《しんにゅうぶいん》の2人《ふたり》だ。

虎道《とらみち》くんの好《す》きなもの欄《らん》は、マンガ、サッカー、ゲーム、アニメ、体育《たいいく》、カレーなどなど。

あふれんばかりに書《か》きこまれてる。

そして、金《きん》、銀《ぎん》、黒《くろ》の3色《しょく》で塗《ぬ》った虎《とら》の顔《かお》の絵《え》が、存在感《そんざいかん》を放《はな》っている。

「虎道《とらみち》くん、絵《え》にもパワーがあふれてるねっ」

「ね、すごい迫力《はくりょく》がある！」

凜《りん》ちゃんとぼくの言葉《ことば》に、虎道《とらみち》くんはニッと笑《わら》う。

「わーいほめられたっ。あっ、かえで先輩《せんぱい》の絵《え》って、歩道橋《ほどうきょう》に描《か》いてあったやつっすか？」

「うんっ、そうだよ。よく気《き》づいたね」

「へへっ。あそこよく通《とお》るんす。毎回見《まいかいみ》るといろんなもの発見《はっけん》するんすよね。楓《かえで》の葉《は》っぱ、バッチリ覚《おぼ》えてますよ！」

虎道《とらみち》くん、ホントに人懐《ひとなつ》っこくて、話《はな》しやすいなあ。

ぼくは内心《ないしん》、ほっとする。

しばらくおしゃべりに花《はな》を咲《さ》かせてから、ゆかり先輩《せんぱい》が、ハッとした顔《かお》でめぐちゃんを見《み》る。

「ごめんね、めぐちゃんの絵《え》を見《み》せてもらうの、まだだったね」

「…………」

でも、めぐちゃんの紙《かみ》に目《め》を落《お》としてみると、真《ま》っ白《しろ》のまま。

あれ、さっき、鉛筆《えんぴつ》を動《うご》かしているように見《み》えたんだけど……。

それに、うつむいたまま動《うご》かないから、これ以上声《いじょうこえ》をかけにくい。

また、ぎこちない空気《くうき》が流《なが》れだしたそのとき、チャイムが鳴《な》った。

「わっ、やべ！　すんません先輩《せんぱい》、俺《おれ》ら、クラブのあと教室《きょうしつ》に寄《よ》らなくちゃで。お先《さき》に失礼《しつれい》するっす。小町屋《こまちや》、いこう」

声《こえ》をかけられためぐちゃんは、ゆっくりと、ぎこちなく立《た》ちあがる。

うつむいたまま、虎道《とらみち》くんのあとをついていくように、去《さ》っていった。

長《なが》い髪《かみ》がベールのようにたれていて、表情《ひょうじょう》はよく見《み》えなかった。

「……。めぐちゃん、自己紹介《じこしょうかい》の紙《かみ》、なにも描《か》けなかったみたいだね」

ゆかり先輩《せんぱい》が、めぐちゃんの小《ちい》さなうしろ姿《すがた》を見送《みおく》りながら言《い》う。

そして、そっとめぐちゃんの紙《かみ》を手《て》にとると、

「あれ？」と声《こえ》をあげた。

「裏《うら》に、なにか文字《もじ》が書《か》いてある……！」

みんなで集《あつ》まって、薄《うす》く小《ちい》さな文字《もじ》に目《め》をこらす。

小町屋《こまちや》めぐ　4年生《ねんせい》
ハナコイが好《す》きです

「「！」」

ぼくと凜《りん》ちゃんは、顔《かお》を見《み》あわせた。

自己紹介《じこしょうかい》、書《か》いてくれてたんだな。

それに……！

「わあ、めぐちゃんもハナコイが好《す》きなんだっ」

「ね。うれしいね」

凜《りん》ちゃんの言葉《ことば》に、ぼくはうなずいてこたえる。

鈴華《すずか》ちゃんと凜《りん》ちゃんに教《おし》えてもらってから、すっかりぼくも大好《だいす》きな少女《しょうじょ》マンガなんだ。

先輩《せんぱい》たちも、ほっとした顔《かお》で口《くち》を開《ひら》く。

「めぐちゃん、きっと今日《きょう》はすごく緊張《きんちょう》してただけなんだね……！」

「次《つぎ》も、きてくれたら、もっとうまく話《はな》しかけるように工夫《くふう》してみよう！」

「ちょっとテンション上《あ》げすぎちゃったねー。わるかったなあ」

ゆかり先輩《せんぱい》と絵奈《えな》先輩《せんぱい》が、反省会《はんせいかい》をはじめる。

「わたしも、今日《きょう》はぜんぜん声《こえ》をかけられなかったけど……次《つぎ》は、話《はな》しかけてみようっ」

凜《りん》ちゃんとぼくも、目《め》を合《あ》わせてうなずきあう。

次《つぎ》のクラブ活動《かつどう》までに、どんなふうに声《こえ》をかけるか、いろいろと考《かんが》えておこう。

めぐちゃんには、ぼくみたいに、クラブが居心地《いごこち》のいい場所《ばしょ》になってほしいから——。

6 「意見《いけん》が合《あ》わない」を超《こ》えるには？

「おおっ、吉良《きら》ナイシュー！」

「これで2対《たい》1、青《あお》チームの逆転《ぎゃくてん》だな！」

ぎゃあっ、さすが吉良《きら》くん。

フェイントでうまくキーパーをかわして、楽々《らくらく》と反対《はんたい》のコーナーにボールを蹴《け》りこんだ。

くやしいけど、うまいんだよなあ。

「ドンマイ、ここからだよ！」って、うちは声《こえ》をかけて見《み》まわすけど……。

うう、同《おな》じチームのはずの、例《れい》の6年《ねん》の2人《ふたり》は、わざとうちと視線《しせん》が合《あ》わないようにそっぽをむいている。

そんな空気《くうき》にとまどう4年生《ねんせい》は、ひきつったように笑《わら》いかえすだけ。

――今《いま》は、2回目《かいめ》のクラブ活動《かつどう》の真《ま》っ最中《さいちゅう》。

後半《こうはん》から、5対《たい》5のフットサル形式《けいしき》で、試合《しあい》することになったんだ。

うちのいる赤《あか》チームは、うちと、6年《ねん》のあの2人《ふたり》――三久保先輩《みくぼせんぱい》と市池先輩《いちいけせんぱい》、それに、経験者《けいけんしゃ》の4年生2人《ねんせいふたり》。

青《あお》チームは、吉良《きら》くんと沢渡《さわたり》さん、樹先輩《いつきせんぱい》と志水先輩《しみずせんぱい》、そして4年《ねん》の優季《ゆうき》くん。

うちら赤《あか》チームのボールで、試合《しあい》が再開《さいかい》する。

同時《どうじ》に、うちはダッシュする。

ボールをもった三久保先輩《みくぼせんぱい》に、コーチが指示《しじ》を出《だ》す。

「三久保《みくぼ》、双葉《ふたば》がフリーだぞ！」

よしこい、パス！　って思《おも》ったのに、

「……！」

呼《よ》びかけを無視《むし》して、三久保先輩《みくぼせんぱい》は、市池先輩《いちいけせんぱい》にむかってパスを出《だ》す。

でも、ディフェンスしていた沢渡《さわたり》さんがそれを読《よ》んでいて、すばやくカット。

ボールが相手《あいて》チームにわたってしまった。

「くそっ！」

三久保先輩《みくぼせんぱい》が、いらだった声《こえ》をあげて……。

うーん、ふんいきはサイアクだ。

コーチが気《き》づいてるかはわからないけど、三久保先輩《みくぼせんぱい》たちは、なるべくうちにパスを出《だ》したくないみたいなんだ。

うちを避《さ》けるせいでゲームがうまくいかず、ますますイライラしてる。

あの２人《ふたり》の態度《たいど》は、前回《ぜんかい》から変《か》わらないまま。

優季《ゆうき》くんも、すっかり２人《ふたり》をこわがってしまって、ほとんどボールにさわれていない。

そんな間《あいだ》にも、ボールを奪《うば》った沢渡《さわたり》さんは、そのまま前線《ぜんせん》に上《あ》がっていく。

パスカットされた市池先輩《いちいけせんぱい》が、沢渡《さわたり》さんを追《お》いかける。

ボールを奪《うば》おうと、みるみる接近《せっきん》して――。

ドンッ
「わっ⁉」

市池先輩《いちいけせんぱい》の体《からだ》が当《あ》たって、ぐらりと沢渡《さわたり》さんの体《からだ》の軸《じく》がぶれる。

「「「！」」」

今《いま》——沢渡《さわたり》さんに、わざと体《からだ》をぶつけた⁉

ピピーッと、コーチが笛《ふえ》を吹《ふ》く。

「市池《いちいけ》、ファールだぞ」

「すみません。俺《おれ》は、プレッシャーかけたつもりだったんですけど」

「ラフプレイには気《き》をつけなさい。……そろそろ時間《じかん》だし、今日《きょう》はここまでにしようか」

まだ少《すこ》し早《はや》いけど、コーチの指示《しじ》で、クラブの時間《じかん》はおしまいになった。

あいさつを終《お》えると、うちは、まっすぐ沢渡《さわたり》さんのもとへ駆《か》けよる。

「沢渡《さわたり》さん、大丈夫《だいじょうぶ》だった？」

「平気《へいき》だよ」

って言《い》いながらも、沢渡《さわたり》さんは、先輩《せんぱい》の肩《かた》がまともにぶつかった腕《うで》をさすっている。

「——あーあ。まだワンプレイできたのになあー」

市池先輩《いちいけせんぱい》が、うちらを見下《みお》ろしながら言《い》う。

まるで、迷惑《めいわく》かけたのがこっちみたいに。

たまらず、うちはおなかに力《ちから》をこめて、口《くち》を開《ひら》く。

「あのっ。さっきのラフプレイ、危《あぶ》ないじゃないですか」

「べつに、わざとじゃないし。サッカーってフィジカルコンタクトがあって当然《とうぜん》なスポーツだろ？　大《おお》げさなんだよ」

「そうそう。ケガしたくないなら、そっちがベンチに引《ひ》っこんでろよ」

「なっ……！」

三久保先輩《みくぼせんぱい》も同調《どうちょう》して、こっちを見《み》ながら、鼻《はな》で笑《わら》ってくる。

あくまで、沢渡《さわたり》さんのせいにするってわけ？

わなわなと、うちの頭《あたま》に血《ち》がのぼった瞬間《しゅんかん》。

ビュン！

市池先輩《いちいけせんぱい》めがけて、勢《いきお》いよくボールが飛《と》んできて、

「うわっ⁉」

先輩《せんぱい》はとっさに胸《むね》でトラップして、ボールを投《な》げてきた先《さき》をにらみつけた。

「吉良《きら》、なんのつもりだよ！」

「プレイし足《た》りなかったみたいなので、ボールをわたしてあげただけですが」

吉良《きら》くんは、すずしげな言葉《ことば》と態度《たいど》で、先輩《せんぱい》を見《み》つめかえす。

市池先輩《いちいけせんぱい》は、吉良《きら》くんの機転《きてん》の利《き》いた言葉《ことば》に、だまってまゆをつりあげる。

「……あかねも、手《て》え出《だ》しそうな顔《かお》するなよ」

「そうだね……ありがとう」

吉良《きら》くんに声《こえ》をかけられて、うちのささくれだった感情《かんじょう》が、少《すこ》しクールダウンする。

「……吉良《きら》、おまえ！　どっちの味方《みかた》なんだよ！」

「べつに、どちらかに肩入《かたい》れする気《き》はないですけど。今《いま》、場《ば》を乱《みだ》してるのは、だれでしょうね？」

「なんだと……！」

「ストップストーップ！」

「吉良《きら》も止《と》めに入《はい》ったかと思《おも》ったら、ケンカ腰《ごし》じゃん！」

顔《かお》を真《ま》っ赤《か》にした市池先輩《いちいけせんぱい》を見《み》て、志水先輩《しみずせんぱい》と樹先輩《いつきせんぱい》が、あわてて仲裁《ちゅうさい》に入《はい》る。

舌打《したう》ちをしてそっぽをむく２人《ふたり》の先輩《せんぱい》たちに――

沢渡《さわたり》さんが意《い》を決《けっ》したようにたずねる。

「あの……先輩《せんぱい》たちは、あたしとあかねちゃんが女子《じょし》だから、なかまに入《い》れたくないってことですか？　モヤモヤするプレイはやめて、ちゃんと言葉《ことば》にしてほしいです」

「……！　だからっ、わざとじゃないって言《い》ってるだろっ」

沢渡《さわたり》さんに真正面《ましょうめん》から言《い》われると、市池先輩《いちいけせんぱい》はさっと視線《しせん》をそらす。

「うーん……でもさあ、あきらかに、あかねにパス出《だ》すのは避《さ》けてたよね」

「こっちも、それで勝《か》ってても気分《きぶん》よくないし。あんな態度《たいど》とるくらいなら、ここで伝《つた》えろよ」

志水先輩《しみずせんぱい》と樹先輩《いつきせんぱい》が、そううながしてくれる。

逃《に》げられなくなった先輩《せんぱい》たちは、顔《かお》を見《み》あわせ、ぶつぶつと話《はな》しはじめた。

「やっぱさあ……男子《だんし》には男子《だんし》だけの世界《せかい》があって」

「おまえらがいると、盛《も》りあがれないんだよ」

ああ……。

やっぱり「女子《じょし》だから」って言《い》われるんだ。

去年《きょねん》のクラブ活動《かつどう》では気《き》づいてなかった白線《はくせん》が、目《め》の前《まえ》で、ざーっと引《ひ》かれたみたい。

悲《かな》しい気持《きも》ちと、くやしい気持《きも》ちがこみあげてくる。

けど、ぐっとこらえて、先輩《せんぱい》の話《はなし》をもう少《すこ》しきいてみる。

「男子《だんし》だけの世界《せかい》って……たとえばどんなですか？」

「いっしょに笑《わら》ったり、盛《も》りあがってさわいだりできるふんいきっていうか……。あとはほら、女子《じょし》がいるとできない話《はなし》もあるんだよ。おまえらだって、わかるよな？」

と、見《み》まわされて、「それは、まあ……」と、ほかの6年生《ねんせい》や4年生《ねんせい》が、ひかえめに同意《どうい》する。

「ほらな！　それに！　女子相手《じょしあいて》に本気《ほんき》でプレイできないじゃん。泣《な》かれたりしたらイヤだし」

「うち、クラブ中《ちゅう》に泣《な》いて先輩《せんぱい》たちをこまらせたこと、なかったはずです！」

「これからあるかもしれないだろ！」

「可能性《かのうせい》の話《はなし》を始《はじ》めたら、キリがないじゃん……」

沢渡《さわたり》さんがあきれた様子《ようす》でつぶやくと、市池先輩《いちいけせんぱい》が、さっとにらみつける。

「さっきみたいに、ちょっとぶつかっただけでよろけたら、すぐファール食《く》らって試合《しあい》にならないだろ！」

「あれは、相手《あいて》があたしじゃなくても、ファールとられてたと思《おも》います！」

うちも、うんうんと大《おお》きくうなずく。

「でも、女子《じょし》がフィジカル弱《よわ》いのは、本当《ほんとう》のことだろ！」

「とにかく。おまえらがいると、クラブ活動《かつどう》がつまんなくなるんだよ！」

まるで、反論《はんろん》はさせないと言《い》わんばかりに。

ビシッとうちらを指《ゆび》さして、市池先輩《いちいけせんぱい》がたたみかける。

「だからって、そういう態度《たいど》はさ……」

「な、なんだよ。本音《ほんね》を言《い》えって言《い》うから言《い》ったんだろ！」

樹《いつき》先輩《せんぱい》が、うちらのほうをかばってくれたけど。

でも……。

うちは、地面《じめん》を見《み》つめたまま、しばらく動《うご》かなかった。

「……………お、おいあかね、泣《な》くなよ？」

三久保《みくぼ》先輩《せんぱい》が、うちの顔《かお》をのぞきこんでくる。

あおってるわけじゃなくて、むしろ、ちょっとあせった様子《ようす》だ。

女子《じょし》を泣《な》かせて、ワルモノになりたくないんだろうな……。

「泣《な》きませんよ。――――うち、先輩の言うことも
わかるかもって、考《かんが》えてたんです」

「「えっ……！」」

市池先輩《いちいけせんぱい》も三久保先輩《みくぼせんぱい》も、そしてまわりのみんなも、目《め》を丸《まる》くしてうちを見《み》た。

先輩《せんぱい》たちの言《い》ってることって、めちゃくちゃ腹《はら》が立《た》つけど。

でも、まったくわからないわけじゃない。

もちろん、女子《じょし》だからって理由《りゆう》で、拒否《きょひ》されるのは、くやしいよ。

だけど、市池先輩《いちいけせんぱい》たちからしてみたら、去年《きょねん》、うちがサッカークラブに入《はい》ったとき、とつぜん、

「これまでは男子《だんし》だけだったけど、これからは男女関係《だんじょかんけい》なくやりましょう」

って言《い》われたようなものだったんだ。

心《こころ》がまえや、これからどうしていくかとかを話《はな》しあわないまま、

「ルールが変《か》わったから、まざってください」

って言《い》われたのは、納得《なっとく》できなかったのかもって……。

それに。

サッカーって競技《きょうぎ》について言《い》えば、小学生《しょうがくせい》の今《いま》はまだ、男女混合《だんじょこんごう》のチームも多《おお》いけど。

体格《たいかく》や体力《たいりょく》は、男女《だんじょ》でちがう。

中学《ちゅうがく》から、男女《だんじょ》べつで試合《しあい》をするのは、そういう部分《ぶぶん》が大《おお》きいだろう。

あと――うちにはピンとこないけど、「男子《だんし》だけの世界《せかい》」っていう話《はなし》も。

ほかの男子《だんし》たちにも、なんとなく伝《つた》わったようだった。

つまり、市池先輩《いちいけせんぱい》たちは、好《この》みの話《はなし》だけで、うちらの存在《そんざい》に難癖《なんくせ》をつけてるわけじゃない。

それくらい、今《いま》のサッカークラブに納得《なっとく》できないってことなんだ……って。

「俺《おれ》らの気持《きも》ちがわかる、って。じゃあなにあかね、おまえクラブ変《か》えてくれんの？」

と、三久保先輩《みくぼせんぱい》。

「いえ。だって、先輩《せんぱい》たちだって、うちと沢渡《さわたり》さんがいるからって、ほかのクラブに移《うつ》ります？」

「は？　するわけねーじゃん」

「ここは、俺《おれ》らが2年間《ねんかん》やってきたクラブなんだぞ！」

「ですよね。先輩《せんぱい》たちと同《おな》じで、うちだって、ここでサッカーをつづけたいです。だから――ここにいるみんなで、楽《たの》しく本気《ほんき》でサッカーできる道《みち》を探《さが》したい……って、思《おも》うんですけど」

うちの言葉《ことば》に、沢渡《さわたり》さんも、強《つよ》くうなずく。

「あたしも！　あたしが通《かよ》ってるスポーツチームは男女混合《だんじょこんごう》だけど、なかよく、でもみんな本気《ほんき》で、サッカーやれてる。なかまとして認《みと》めてほしいです……！」

うちらなりに、一生《いっしょう》けん命《めい》、言葉《ことば》を尽《つ》くしたつもりだった。

でも――。

「いやいやいや。ムリでしょ」「そんな道《みち》、あるわけないだろ」

先輩《せんぱい》2人《ふたり》は、即座《そくざ》に否定《ひてい》する。

う――胸《むね》がぐっと詰《つ》まるみたい。

うちや沢渡《さわたり》さんは、ふんばって、「わかりあいたい」「伝《つた》えたい」って思《おも》ってるけど。

目《め》の前《まえ》の2人《ふたり》は、「ムリ」をひっくり返《かえ》してみようなんて、きっと1ミリも思《おも》ってない。

先輩《せんぱい》たちの望《のぞ》みは、ただ、「うちと沢渡《さわたり》さんが消《き》える」ことだけなんだ。

なんか、むなしくなっちゃうな……。

――こうやって、直接話《ちょくせつはな》しあっても、うまくいかないときは。

「おたがいに傷《きず》つかないように、そっと距離《きょり》をとる」っていうのが一番《いちばん》の方法《ほうほう》なのかもしれない。

学芸会《がくげいかい》のあとしばらくの、うちらふたごと吉良《きら》くんが、そうだったみたいに。

でも……。

うちも沢渡《さわたり》さんも先輩《せんぱい》たちもサッカークラブをやめないなら、関《かか》わらずにすごすのは不可能《ふかのう》だ。

それに、サッカーはチームスポーツ。

人《ひと》としての相性《あいしょう》は、べつに合《あ》わなくてもいいけど、チームのメンバーとしての信頼《しんらい》は、どうしたって必要《ひつよう》だ。

このままじゃ、絶対《ぜったい》に楽《たの》しくクラブ活動《かつどう》なんてできない……！

うちは、大《おお》きく息《いき》を吸《す》いこむ。

「それなら――勝負《しょうぶ》しませんか！」

うちの提案《ていあん》に、チームのみんながざわめく。

「勝負《しょうぶ》？　試合《しあい》の勝《か》ち負《ま》けで、どうするか決《き》めるってこと？」

吉良《きら》くんの言葉《ことば》に、うちはうなずく。

「そう。もちろん、女子《じょし》だからってエンリョは必要《ひつよう》ないです。ほかのメンバーも！」

「あたしも賛成《さんせい》！　あかねちゃんの案《あん》で異議《いぎ》なし！」

沢渡《さわたり》さんが、真《ま》っ先《さき》にうなずいてくれる。

「ふうん、勝負《しょうぶ》ねえ……」

市池先輩《いちいけせんぱい》と三久保先輩《みくぼせんぱい》は、少《すこ》し考《かんが》えてるみたいだ。

「そうだな。新田《にった》をあかねのほうのチームに入《い》れるなら、受《う》けてやってもいいぜ？」

「……っ！」

とつぜん名前《なまえ》を出《だ》された優季《ゆうき》くんが、ビクッと体《からだ》を揺《ゆ》らした。

「初心者《しょしんしゃ》を入《い》れたせいで、こっちが負《ま》けちゃ、たまんないからな」

「……！」

優季《ゆうき》くんの顔《かお》が、ショックでかたまる。

「ちょっ……！」

優季《ゆうき》くんのことまで傷《きず》つけるなんて、許《ゆる》せない……！

こみあげてきた怒《いか》りをぐっと抑《おさ》えて、低《ひく》い声《こえ》になる。

「……わかりました。それじゃあ、試合《しあい》は再来週《さらいしゅう》あたりで、いいですか？」

「ああ、いいぜ。俺《おれ》らのチームが勝《か》って、終《お》わらせてやるよ」

「女子《じょし》2人《ふたり》と初心者《しょしんしゃ》がいるチームじゃ、勝《か》てっこないと思《おも》うけど」

先輩《せんぱい》2人《ふたり》は、うちらに呪《のろ》いをかけるみたいにそう言《い》い残《のこ》し、去《さ》っていった。

7 どちらが本当《ほんとう》のあの子《こ》？

2回目《かいめ》のクラブ活動《かつどう》の日《ひ》。

図工室《ずこうしつ》のドアを開《あ》けて入《はい》ってきた虎道《とらみち》くんのうしろに、めぐちゃんの姿《すがた》があって。

思《おも》わず、ぼくはほっとした。

前回《ぜんかい》の様子《ようす》から、もうこないこともあり得《え》るなあって思《おも》ってたから……。

ゆかり先輩《せんぱい》が、すぐに大《おお》きく手《て》をふる。

「虎道《とらみち》くん、めぐちゃん、やっほー！」

「やっほーです！」

「…………」

めぐちゃんは、やっぱり無言《むごん》だったけど、よく見《み》ると、小《ちい》さくぺこりとしてくれた。

「2人《ふたり》とも、きてくれてうれしいよー！」

「はい、俺《おれ》はもうすっかりクラブの日《ひ》が楽《たの》しみで！　今日《きょう》はなに描《か》くんですかね？　俺《おれ》、でっかいの描《か》きたいっす～！」

「気合《きあ》い入《はい》ってるねえ、いいねえ」

あいかわらずノリのいい虎道《とらみち》くんと、やりとりしたあと、先輩《せんぱい》たちは、ちんまりとかたまっているめぐちゃんをちらっと見《み》て、顔《かお》を見《み》あわせた。

やっぱり、先輩《せんぱい》たちも気《き》にしてるんだな……。

ぼくは、さりげなく、めぐちゃんのとなりの席《せき》にすわった。

今日《きょう》は、とくにお題《だい》もなく、自由《じゆう》におえかきしていいことになった。

また、大《おお》きな白《しろ》い画用紙《がようし》が配《くば》られる。

おえかきを始《はじ》めながら、さっそく話《はなし》に花《はな》が咲《さ》く。

「ねーっ、知《し》ってる？　ギガノアのアニメ化《か》！」

「ネットニュース見《み》ましたよー！　俺《おれ》、思《おも》わず声《こえ》が出《で》たっす！　今日先輩《きょうせんぱい》としゃべろーと思《おも》ってたっす」

「だよね！」

「アニメ化《か》すると、布教《ふきょう》しやすくなっていいよね〜」

なんて、おしゃべりが弾《はず》む。

会話中《かいわちゅう》、さりげなく視線《しせん》を送《おく》ると、めぐちゃんはやっぱり、おいてきぼりになっていた。

でも、画用紙《がようし》の上《うえ》にのった鉛筆《えんぴつ》の手元《てもと》を見《み》ると、片手《かたて》でかくすようにして動《うご》かしてる。

ちっちゃく、なにか描《か》いてるみたい……？

ぐっと目《め》をこらすと、見覚《みおぼ》えのある女《おんな》の子《こ》の絵《え》に、ぼくはハッとなる。

あれって、『**ハナコイ**』の恋花《こはな》ちゃんじゃないかな……⁉

好《す》きなもののことなら、きっと話《はな》しやすいよね。

「ねえ、めぐちゃんが描《か》いてるのって、恋花《こはな》ちゃんっ？」

絵《え》が完成《かんせい》したっぽいタイミングで、ぼくは、体《からだ》を近《ちか》づけて、となりからのぞきこむ。

と、そのとたん。

「……っ」

カチッとかたまるように、めぐちゃんの体《からだ》に力《ちから》がこもった。

鉛筆《えんぴつ》をにぎった右手《みぎて》も、そのままの位置《いち》で静止《せいし》する。

あ……っ！

「…………」

「ご……ごめん。ビックリさせちゃったかな。ぼくもハナコイ好《す》きだから……」

「…………」

めぐちゃんはこわばったままで、まるで氷《こおり》の魔法《まほう》にかかったみたいに感《かん》じられる。

それがぼくには、まるで全身《ぜんしん》で、「こっちを見《み》ないで」って訴《うった》えてるみたいで……。

「ご、ごめんね、おえかき中《ちゅう》に話《はな》しかけちゃって……ぼくも、早《はや》く描《か》いちゃおうっ」

沈黙《ちんもく》にたえられなくなったぼくは、言《い》いわけみたいに言《い》いながら、そそくさと、めぐちゃんから離《はな》れた。けれど……。

ああ、失敗《しっぱい》しちゃった！

せっかく、めぐちゃんが、おえかきしていたのに。

ぼくが、話《はな》しかけたせいで。

ぼくがよけいなことをしなかったら、めぐちゃんのほうから「これ見《み》てください」って言《い》おうとしてたかもしれないのに……！

そして、ぼくが話《はな》しかけたときのめぐちゃんの反応《はんのう》が、頭《あたま》から離《はな》れなかった。

声《こえ》をかけただけで、あんなふうに、こわがらせちゃうなんて……

胸《むね》がイヤな痛《いた》み方《かた》をして、めぐちゃんがいるほうをむけない。

それに、もしかしたら、めぐちゃんって……

——と、ある考えが、心《こころ》の中《なか》に浮《う》かんでくる。

悪夢《あくむ》を見《み》た日《ひ》の朝《あさ》みたい。記憶《きおく》はぼんやりしているのに、胸《むね》のところが重《おも》くて、ずっとざわざわする感《かん》じ。

ここしばらくは、考《かんが》えてなかったことだけど……う、ううん、ダメ。

ここでぐるぐる考《かんが》えはじめたら、動《うご》けなくなっちゃう。

今《いま》は、よけいなことは考《かんが》えず、絵《え》を描《か》くことに、集中《しゅうちゅう》しよう……！


ぼくは、どうにか桜《さくら》の絵《え》を描《か》ききって、クラブ活動《かつどう》を終《お》えて、解散《かいさん》になった。

ぼくは凜《りん》ちゃんと2人《ふたり》で、なんとなく無口《むくち》のまま、下駄箱《げたばこ》にむかった。

下駄箱《げたばこ》で、くつにはきかえようとしたとき、

「あっ、ぼく、手《て》さげカバンをおいてきちゃった……！」

妙《みょう》に両手《りょうて》が空《あ》いてると思《おも》ったら、図工室《ずこうしつ》にわすれものをしたことに気《き》づいた。

図工室《ずこうしつ》のカギを閉《し》められちゃったら大変《たいへん》！

「わあっ、ごめん凜《りん》ちゃん、先《さき》に帰《かえ》っててっ」

早足《はやあし》で取《と》りにいって、なんとか間《ま》にあって。

帰《かえ》りは、1人《ひとり》で下校道《げこうみち》を歩《ある》く。

時間《じかん》がおそくなったから、ほかの子《こ》の姿《すがた》はほとんどない。

少《すこ》し前《まえ》を歩《ある》いてる、女《おんな》の子《こ》1人《ひとり》だけだ。

その子《こ》が急《いそ》ぎ足《あし》で十字路《じゅうじろ》を曲《ま》がった、そのとき。

「めぐめぐーお待《ま》たせ！」

その声《こえ》が呼《よ》んだ名前《なまえ》にドキッとして、ぼくが、そっと十字路《じゅうじろ》の先《さき》をのぞくと。

空《あ》き地《ち》に入《はい》っていったその子《こ》が、ぽんと肩《かた》をたたいたうしろ姿《すがた》は――。

あのめぐちゃんだったんだ！

ふりむいためぐちゃんに気《き》づかれたくなくて、ぼくは、とっさに歩《あゆ》みを止《と》めてしまう。

「めぐめぐ、おそくなってごめんねー！　バドミントンクラブ、長引《ながび》いちゃってさー」

「ぜんぜんだよ」

「ね、今日《きょう》もめぐめぐの家《いえ》、寄《よ》っていい？」

「うん、いいよ。あと宿題《しゅくだい》も」

「だね。それじゃいこー！」

「……!?」

ぼくは、自分《じぶん》の目《め》と耳《みみ》を疑《うたが》った。

おえかきクラブの時間中《じかんちゅう》は、ほとんど話《はなし》をしない、めぐちゃん。

それなのに今《いま》は、ふつうに返事《へんじ》して、ほほえみかえしたんだ。

めぐちゃん、あんなふうに話《はな》せたの……！

しかも、いっしょにいる子《こ》とは、あだ名《な》で呼《よ》ばれる仲《なか》みたいだったし。

じゃあ、どうして？

クラブでは、あんなに静《しず》かなんだろう。

人見知《ひとみし》りだから？　それにしたって、今《いま》、

目《め》にした様子《ようす》とのギャップがすごい。

そのときもう一度《いちど》――ぼくが話《はな》しかけた瞬間《しゅんかん》の、めぐちゃんの様子《ようす》が、ふっと脳裏《のうり》にうかぶ。

それとも、やっぱり……。

おえかきクラブに、ぼ、ぼくがいるから？

い、い、い、
めぐちゃんを、あんなふうにしてるのは、ぼくのせい……？

ぼくは、めぐちゃんたちの姿《すがた》が見《み》えなくなるまで、ただそこに立《た》ちすくんでいた。

8 レッツ・ふたご会議《かいぎ》！

「「はあ〜〜〜〜〜」」

あかねとぼくの深《ふか》――――いため息《いき》が、まったく同時《どうじ》にひびいた。

ランドセルを下《お》ろして、ソファにすわったとたん、思《おも》わずため息《いき》が出《で》ちゃったんだけど。

それが、先《さき》に帰《かえ》っていたあかねと、まったく同時《どうじ》だったんで、ぼくらは「！」と目《め》を見《み》あわせた。

「あらあら、あーちゃんかえちゃん、おっきなため息《いき》。なにか学校《がっこう》であったの？」

「うん……そうなんだけど」

「ね、あかね、……『会議《かいぎ》』しない？」

今《いま》のぼくの気持《きも》ち、言葉《ことば》にしたい。

すると、あかねもすぐに賛成《さんせい》してくれた。

「そうだ、それだね！ ――おばあちゃん、うちら、ちょっと2人《ふたり》で会議《かいぎ》してきます！」

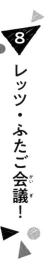

「あら、それはいいわねえ。そしたらきっと、あまいものがあったほうがいいわ」

おばあちゃんが、小《ちい》さなかごに、小袋《こぶくろ》入《い》りのチョコやクッキーを入《い》れて、持《も》たせてくれた。

「「ありがとう！」」

「会議《かいぎ》が終《お》わったら、出《で》てらっしゃいね。お夕飯《ゆうはん》にしましょ」

「「はーい！」」

ぼくらは受《う》けとったかごを持《も》って、ぼくたち2人《ふたり》の部屋《へや》に入《はい》った。

ぼくたちは、姿勢《しせい》を正《ただ》して、テーブルをはさんでむかいあう。

「――それではっ。これから『ふたご会議《かいぎ》』を始《はじ》めますっ」

あかねが、裁判官《さいばんかん》が木《き》づちを鳴《な》らすみたいに、テーブルを鉛筆《えんぴつ》のおしりで**コンッ**とたたく。

むっとあごをつきだし、威厳《いげん》のある感《かん》じを演出《えんしゅつ》していて、ぼくはつい、くすっと笑《わら》う。

「ふたご会議《かいぎ》」っていうのは、最近《さいきん》ぼくたちが発見《はっけん》した、おたがいの悩《なや》みを相談《そうだん》する方法《ほうほう》だ。

ぼくらふたごは、いつもよくおしゃべりするけれど。

それとはちょっとちがう、トクベツな時間《じかん》なんだ。

「それで。あかねのほうは、なにがあったの？」

ぼくのほうから、きいてみる。

ぼくのため息《いき》と同《おな》じくらい、あかねのも大《おお》きかったよね。

「それがさ、サッカークラブが、やっぱりうまくいってないんだよね」

「えっ？」とぼくは目《め》を丸《まる》くする。

先週《せんしゅう》もちょっとだけ、そんなことを言《い》ってたけど。

まさか、解決《かいけつ》してなかったの？

「新《しん》6年生《ねんせい》の2人《ふたり》がね、うちと、新《あたら》しく入《はい》ってきた沢渡《さわたり》さんが気《き》に入《い》らないんだって。——女子《じょし》がまざってると、本気《ほんき》が出《だ》せないし、『男子《だんし》だけの世界《せかい》』がやれなくなるのがイヤだって」

「……！」

出《で》た……「男子《だんし》」と「女子《じょし》」ってキーワード……！

でも、去年《きょねん》あかねは男子《だんし》だけのサッカークラブに入《はい》ってから、この春《はる》まで、本当《ほんとう》に楽《たの》しそうに活動《かつどう》できていたのに……？

「それは、残念《ざんねん》だったね。その人《ひと》たちは、去年《きょねん》からずっと不満《ふまん》だったのかな？」

「うちは気《き》づいてなかったけど。少《すく》なくともその2人《ふたり》は、ずっと不満《ふまん》だったのに、言《い》わなかったってことみたい。ショックだよ。気《き》づかないうちに、うちがガマンさせてたってことだもん」

あかねは、その2人《ふたり》を思《おも》いうかべるように、宙《ちゅう》を見《み》あげて言《い》う。

「あかねが入部《にゅうぶ》したときに、言《い》ってくれたらよかったのにね……」

「うん。でもさ、去年《きょねん》は先輩《せんぱい》たちもいたし、ムードメーカーの藤司《とうじ》とうちが仲《なか》よかったから、言《い》えなかったってことなのかも」

そうかあ……。

「うーん。たまに図工室《ずこうしつ》の窓《まど》からながめてたけど、みんな楽《たの》しそうに見《み》えたけどなあ」

あかね、どんな気持《きも》ちだろう。

緑田小《みどりだしょう》で、もう一度《いちど》サッカーを始《はじ》めることができて。

「女子《じょし》だから」って線《せん》を引《ひ》かれない環境《かんきょう》で、のびのびとプレイできるようになって。

本当《ほんとう》によかったなあって思《おも》っていたのに。

もしぼくだったら、ショックで、クラブをやめちゃうかも……なんて考《かんが》えてると。

「――――って、まあ、いろいろ考《かんが》えちゃうけどさ！　うち今度《こんど》、その先輩《せんぱい》たちと勝負《しょうぶ》することにした！」

と、あかねがキッパリと宣言《せんげん》する。

「ええっ!?」

「今日《きょう》、試合《しあい》を申《もう》しこんだんだ！」

「えっ、で、でも、その勝負《しょうぶ》に勝《か》ったからって、解決《かいけつ》になる、の……？」

あかねが負《ま》けたら、サッカークラブをやめなきゃいけないかもだし。

もし勝《か》っても、それって相手《あいて》に「負《ま》けたんだから言《い》うことをきけ」ってガマンさせることにならない？

「ううん。うちの勝負《しょうぶ》の目標《もくひょう》はね、勝《か》ち負《ま》けじゃないの」

「え……」

「沢渡《さわたり》さんと話《はな》してたんだけど、うちらは、手加減《てかげん》なしの試合《しあい》をすることで、先輩《せんぱい》たちに性別《せいべつ》なんか関係《かんけい》なく『楽《たの》しい』って思《おも》わせたいの！　それで、これからチームメイトとしていっしょにやっていけるってことを、証明《しょうめい》してみせるんだ！」

宣言《せんげん》するあかねの目《め》は、キラキラとかがやいていた。

「――！　うんっ、応援《おうえん》してるよ」

ふふ、あかねはポジティブだな。

先輩《せんぱい》と勝負《しょうぶ》して勝《か》つなんて、なかなか大変《たいへん》そうだけど。

あかねなら、なんとかしてみせるんじゃないかって思《おも》えるよ。

なんだか、見《み》ているぼくの心《こころ》まで、光《ひかり》に照《て》らされるみたい。

「話《はなし》きいてくれてありがとねっ。それで、かえでは？　なにがあったの？」

ターン交替《こうたい》っ。

今度《こんど》はぼくの番《ばん》。

「ええと、ぼくはおえかきクラブの活動《かつどう》で……ちょっとショックなことがあって」

「前《まえ》にちょっと話《はな》してた、新《あたら》しく入《はい》った４年生《ねんせい》の子《こ》？」

「そう……すごく物静《ものしず》かな子《こ》で。ず――っとだまったままなんだ。ほとんど動《うご》かないくらい」

「そっかあ、今日《きょう》のクラブでも、なにも話《はな》さなかったの？」

「うん……でも、クラブにはきてくれたんだ。だからきっと参加《さんか》したいんだなって思《おも》うんだけど……どんなことを考《かんが》えてるのか、教《おし》えてほしいのに」

「よっぽど人見知《ひとみし》りなのかな？」

「そう思《おも》ってたんだけど………今日《きょう》ね。……もしかしたら、めぐちゃんがイヤがってるのは、ぼくのことなのかも――って思《おも》う出来事《できごと》があって……」

ぼくは、ぎゅっと手《て》をにぎりしめて言《い》う。

「えっ……どういうこと？」

あかねは目《め》を丸《まる》くして、ぼくを見《み》つめる。

思《おも》いだすと、また胸《むね》がイヤな感《かん》じに、ざわざわしはじめる。

言葉《ことば》にするのが、つらい。

でも今《いま》は、あかねにきいてもらいたい気持《きも》ちのほうが強《つよ》かった。

「……ぼくが話《はな》しかけたとき、めぐちゃんの体《からだ》が、こわばったんだ……まるで、ぼくに近《ちか》づかれたのがイヤだったみたいに……」

……これまで、あかねに心配《しんぱい》かけたくなくて、言《い》ったことはないけど。

ぼくのことを、さりげなく避《さ》ける子《こ》たちは、いるんだ。

敵意《てきい》はなくても、あまり親《した》しくなりたくないんだろうなっていう気配《けはい》が、伝《つた》わってくる。

そう感《かん》じる子《こ》がいるのは、しかたがないことだし。

ふだんはなるべく気《き》にしすぎないようにしてる。だけど……。

あかねが、ふしぎそうに首《くび》をひねる。

「うーん……うち、よくわかんないなあ。そのめぐちゃんって子《こ》とかえでって、クラブで初《はじ》めて会《あ》ったんでしょ？　そんなふうに拒否《きょひ》されるほどのつきあい、なくない？」

「それは……ぼくが……フツウじゃないから……」

「え――？　かえでがかえでだからって、イヤがるの？　めぐちゃんが？」

「だ、だって、あの反応《はんのう》……。イヤがってるっていうより、むしろ、こわがってるみたいな……」

「ふむ？」

やっぱり、あかねにはピンとこないみたい。

きっと、あかねは、ぼくみたいにイヤがられたことがないから……？　なんて思《おも》ってしまう。

「そ、それに、さっきね。クラブ活動《かつどう》のあと、学校《がっこう》の外《そと》で、お友《とも》だちといっしょにいるめぐちゃんを見《み》かけたんだ。めぐちゃん、お友《とも》だちとはちゃんと、笑顔《えがお》で会話《かいわ》してたんだよ。きっと本当《ほんとう》は、あんなふうに無口《むくち》な子《こ》じゃないんだ。…………おえかきクラブに、ぼくがいるから、だから……」

しゃべればしゃべるほど、どんどん胸《むね》が重《おも》くなって、最後《さいご》には声《こえ》が出《で》なくなった。

「…………」

だまりこんだぼくのとなりに、あかねがぴたりと寄《よ》りそってくる。

「……そっかあ。うちは、その子《こ》のこと知《し》らないし、絶対《ぜったい》こうだとは言《い》えないけどさ。なーんか……かえでは、自分《じぶん》で自分《じぶん》のことを、ヨクナイモノにしたがってるようにきこえるなあ」

え……っ。

意外《いがい》な言葉《ことば》に、おどろいて顔《かお》をあげると、あかねと目《め》が合《あ》った。

「だってさ。話《はなし》をきいてると、その子《こ》は、おえかきクラブの全員《ぜんいん》と、口《くち》をきかないんでしょ？」

「う、うん。すこーし、うなずいて反応《はんのう》するくらいかな」

「それも、かえでのせいなの？」

「それは――」

ぼくのせい……じゃない、ような？

ぼくが、めぐちゃんにどれくらい影響《えいきょう》があるのか、なんて……。

「…………わかんない」

ぼくがしぼりだすように答《こた》えると、あかねがすぐに手《て》を合《あ》わせる。

「ごめんね、かえで。問《と》いつめるみたいなことしちゃった」

「ううん。でも、あかねと話《はな》してたら、たしかに、本当《ほんとう》にぼくのせいなのかはわからないかもって思《おも》えてきた……」

「そっかあ」

「うん。めぐちゃんがなにを考《かんが》えてるのか決《き》めつけちゃうのはおかしいし…………それに……めぐちゃんがクラブでひとこともしゃべれないのが、全部《ぜんぶ》ぼくのせいだ、なんて――逆《ぎゃく》に、自分《じぶん》の存在《そんざい》を大《おお》きく考《かんが》えすぎてるっていうか……な、なんか、はずかしくなってきたかも……」

ぼくは、そう言《い》いながら、自分《じぶん》のほおが熱《あつ》くなったのを感《かん》じた。

全部《ぜんぶ》、ぼくのかんちがいなら。

それって、かなりトンチンカンな思《おも》いこみだよね⁉

「きっと、そうだよ。かえでのことだから、新入部員《しんにゅうぶいん》をいじめたり、にらんだりなんかしてないでしょ？」

「も、もちろんしないよっ、そんなこと！」

ぼくが全力《ぜんりょく》で首《くび》を横《よこ》にふって、くすっと笑《わら》いあってから、あかねが言《い》う。

「まあ、もう少《すこ》し様子見《ようすみ》てみなよ。あ、そうだ。もう1人《ひとり》4年生《ねんせい》がいっしょに入《はい》ったんでしょ。その子《こ》に、さぐりを入《い》れてみるのもいいんじゃない？」

「あ、なるほど……！」

つらい想像《そうぞう》ばかりがふくらんでいて、そんな方法《ほうほう》、思《おも》いつきもしなかった。

ぼくはあらためて、自分《じぶん》の考《かんが》えがせまくなっていたことに気《き》づく。

――ぼくは、心《こころ》のどこかに「自分《じぶん》はきらわれやすいんだ」っていう思《おも》いがあって。

その重力《じゅうりょく》を感《かん》じると、それにひっぱられるように、どんどん考《かんが》えがネガティブな方向《ほうこう》へしずみこんでしまうんだ。

よく考《かんが》えてみれば、おかしいって思《おも》えることにも、気《き》づけないくらいに強《つよ》く……。

「……ぼくって、思《おも》いこみがはげしいかも？」

「ときどきね。でも、そういうときのために、うちがいるんじゃん」

あかねが、明《あか》るく胸《むね》を張《は》る。

あかねのおかげで、今《いま》はわかる。

「ぼくのせい」っていう思《おも》いこみは、ぼく自身《じしん》を傷《きず》つけるだけじゃない。

「ぼくをイヤがってる」って決《き》めつけられためぐちゃんにも、失礼《しつれい》なことだ。

ぼくの思《おも》いこみで、一方的《いっぽうてき》に距離《きょり》をおいたり、ぼくが態度《たいど》を変《か》えたりしたら、めぐちゃんはおどろいたり、どうしてだろうって思《おも》い悩《なや》んだりするかもしれない。

1人《ひとり》でぐるぐる考《かんが》えて「こうにちがいない」って決《き》めつけてしまうのは、自分《じぶん》にとっても、相《あい》手《て》にとっても、よくない……。

もしかしたらぼくのことをイヤだと思《おも》ってるかも……と思《おも》いながら、人《ひと》と関《かか》わるのは、すごく勇気《ゆうき》がいるけど――。

「ありがとね、あかね。ぼく、めぐちゃんのこと、ゆっくりむきあってみるよ」

「うん。うちもさ、さっきは自信満々《じしんまんまん》、やってみせる！　なんて言《い》っちゃったけど、本当《ほんとう》はちょっと不安《ふあん》なんだ。でも、先輩《せんぱい》とうまくやっていけるよう、がんばってみる！」

手《て》のひらと手《て》のひらをくっつけて、ぼくらはうなずきあう。

ふたご会議《かいぎ》、ここにて終了《しゅうりょう》！

ぼくは、始《はじ》まったときにあかねがしたように、鉛筆《えんぴつ》のおしりでテーブルをたたいてみる。

コンコン、と。

やさしくもしっかりした音《おと》がひびいた。

9 それぞれの想《おも》うこと

バスケやサッカーができる設備《せつび》がある、このあたりで一番《いちばん》広《ひろ》い公園《こうえん》で。

夕暮《ゆうぐ》れの中《なか》、けん命《めい》にボールを追《お》いかける2つの影《かげ》を、うちは目《め》でなぞる。

「優季《ゆうき》くん、もっと強気《つよき》でボール奪《うば》いにいこう！」

「はっ、はい！」

発破《はっぱ》をかけられた優季《ゆうき》くんは、ぐっと体《からだ》を寄《よ》せ、長《なが》い足《あし》をのばす。

でも、沢渡《さわたり》さんはそれをするっとかわし、ゴールポストまで一気《いっき》に走《はし》っていった。

「うわあ〜〜〜！　やっぱり風音《かざね》先輩《せんぱい》は上手《じょうず》だなあ……！」

「あはは、ありがと。優季《ゆうき》くんも、今《いま》のよかったよ」

「サッカーは手《て》以《い》外《がい》の全身《ぜんしん》を使《つか》えるスポーツだからね。さっきみたいに、全身《ぜんしん》を使《つか》ってプレッシャーかけることも大事《だいじ》だよ！」

うちも、優季《ゆうき》くんに声《こえ》をかける。

この間《あいだ》の練習試合《れんしゅうじあい》の市池先輩《いちいけせんぱい》は、やりすぎでファールだったけどね。

——今《いま》、うちらがやってるのは、1対《たい》1のディフェンス・オフェンス練習《れんしゅう》。

今度《こんど》の先輩《せんぱい》との試合《しあい》にむけて、特訓《とっくん》してるんだ。

優季《ゆうき》くんの希望《きぼう》で、ほぼ毎日《まいにち》やってる。

そして、優季《ゆうき》くんは、うちらがビックリするほど努力家《どりょくか》さんなんだ。

おかげで、初心者《しょしんしゃ》だった優季《ゆうき》くんだったけど、どんどんかたちになってきてる。

教《おし》えていても、やりがいがあるよ。

プレイを止《や》めて、うちらはそれぞれの水筒《すいとう》から水《みず》を飲《の》む。

優季《ゆうき》くんが、公園《こうえん》に設置《せっち》された時計《とけい》を見《み》あげながら言《い》う。

「わ、もうこんな時間《じかん》だ！　……でも先輩《せんぱい》、あと少《すこ》しいいですか？」

「もちろんいいけど、優季《ゆうき》くんムリしてない？」

「がんばりすぎて、ケガでもしたら大変《たいへん》だよ？」

「僕《ぼく》はまだまだ平気《へいき》です！　低学年《ていがくねん》のころは野球《やきゅう》やってたから、体力《たいりょく》は自信《じしん》あるんです！」

「わあ、そうだったんだ」

「たしかに、ぜんぜんバテた顔《かお》してないね！」

もう1時間《じかん》もつづけてるのに！

きっと、野球《やきゅう》のときも、コツコツ練習《れんしゅう》してたんだろうな。

「……僕《ぼく》、見《み》かえしたいんです」

優季《ゆうき》くんは、そう言《い》って、くちびるをかみしめる。

「それは、市池先輩《いちいけせんぱい》と三久保先輩《みくぼせんぱい》に言《い》われたこと？」

「はい。自分《じぶん》がヘタだってバカにされたこともイヤだけど。教《おし》えてくれるあかね先輩《せんぱい》と風音先輩《かざねせんぱい》が、『女子《じょし》だから』なんて理由《りゆう》で言《い》いたい放題《ほうだい》されてるのが、くやしくて……！」

「「……！」」

そうか、優季《ゆうき》くんがこんなにがんばってるのは、うちらのためでもあったんだ。

「でも僕《ぼく》、あの2人《ふたり》に直接《ちょくせつ》、意見《いけん》する勇気《ゆうき》はないので……だから、今度《こんど》の試合《しあい》で結果《けっか》を出《だ》して、伝《つた》えたいんです！」

優季《ゆうき》くん、そんな決意《けつい》を持《も》って、練習《れんしゅう》に取《と》りくんでたんだ……！

「優季《ゆうき》くんは、じゅうぶん勇気《ゆうき》がある子《こ》だよ。いっしょに、がんばろうね！」
「はいっ。あと、もう1つ。いいですか？」
優季《ゆうき》くんは、苦《にが》い表情《ひょうじょう》で口《くち》を開《ひら》く。
「三久保《みくぼ》先輩《せんぱい》たちが言《い》ってた『男子《だんし》だけの世界《せかい》』っていうやつにも、僕《ぼく》は反対《はんたい》です。野球《やきゅう》をやってたとき、そういうノリが、すごくイヤだったんです……『男《おとこ》のくせにっ』って言《い》われるのとか、わざと荒《あら》っぽくしゃべったりとか」

「「！」」

そっか。優季《ゆうき》くんは、「男子《だんし》だけのチーム」を経験《けいけん》したことがあるんだ。

「僕《ぼく》は、『今《いま》』のサッカークラブがいいって思《おも》ってます。だから、ええと、なにが言《い》いたいかっていうと——あかね先輩《せんぱい》たちの存在《そんざい》に感謝《かんしゃ》してる人《ひと》もいるってことで……！」

優季《ゆうき》くんは、言葉《ことば》がうまく出《で》てこないらしく、つっかえつっかえだけど、一生《いっしょう》けん命《めい》伝《つた》えてくれる。

「うん、ありがとう……！」

——そうか。そうだよね。

うちは、いきなり先輩《せんぱい》から「男子《だんし》」「女子《じょし》」っていう線引《せんび》きをされて、とまどったけど。

大事《だいじ》なのは、人《ひと》それぞれ、考《かんが》え方《かた》や感《かん》じ方《かた》がちがうってところだよね！

「男子《だんし》だから」「女子《じょし》だから」じゃないんだ！

うちと沢渡《さわたり》さんは、笑顔《えがお》を見《み》あわせる。

「よーし。それじゃあラスト3セット、いくぞー！」

「はいっ！」「おー！」

うちらは3人《にん》そろって、こぶしを天《てん》へつきあげた。

「……いや〜、3セットじゃ終《お》われなかったねえ」

「ね。優季《ゆうき》くん、ホントにすごい体力《たいりょく》だなぁ」

結局《けっきょく》、あれからまた、1時間《じかん》くらい特訓《とっくん》してたんだ。

ふたたび時計《とけい》を見《み》あげたときには19時近《じちか》くになっていて、優季《ゆうき》くんはあわてて帰《かえ》っていった。

「沢渡《さわたり》さんは？　急《いそ》がなくてもおうちは大丈夫《だいじょうぶ》？」

「うん。自主練《じしゅれん》だって伝《つた》えてあるし。春《はる》になって、この時間《じかん》でもそれなりに明《あか》るいしね」

薄暗《うすぐら》いグラウンドに、沢渡《さわたり》さんと2人《ふたり》。

「でも、おなかすいちゃったねえー」と、沢渡《さわたり》さんが息《いき》をはきだすように言《い》った。

「ねー。めっちゃ動《うご》いたし、うち、ガッツリしたの食《た》べたいなー、ハンバーグとか！」

「からあげもよくない？」

「最高《さいこう》！　うち、あまからいタレがかかったやつ、好《す》きなんだよねー」

タオルで汗《あせ》をぬぐいながら、話《はなし》が弾《はず》む。

「あたし、からあげはレモン派《は》かな！」

「お、かえでとおんなじだ」

「でも、あたしのお兄《にい》ちゃんは、からあげにレモンかけるの、すっごく苦手《にがて》で。見《み》た目《め》変《か》わらないのにすっぱいから『スパイ、い、あげ、』って呼《よ》ぶんだよー」

話《はな》しながら、けらけら笑《わら》う沢渡《さわたり》さん。

……あ！　呼び方って言《い》えば――。

「――そういえばさ、沢渡《さわたり》さん」

「ん？」

「沢渡《さわたり》さんって、『風音《かざね》』って呼《よ》ばれるの、好《す》きじゃなかったりする？」

うちは、前《まえ》から気《き》になってたことを、きいてみる。

すると、沢渡《さわたり》さんが、ちょっとビックリした顔《かお》になった。

「あー……バレちゃった？　あんま顔《かお》に出《だ》さないように気《き》をつけてるんだけど」

沢渡《さわたり》さんが、ぺろっと舌《した》を出《だ》す。

やっぱり、そうだったんだ。

サッカークラブの先輩《せんぱい》や、優季《ゆうき》くんが「風音《かざね》ちゃん（先輩《せんぱい》）」って呼《よ》ぶときに、なんとなく反《はん》応《のう》がおくれるなあって思《おも》ってた。

うちの気《き》のせいじゃなかったんだ。

「そうか……あかねちゃんとかえでちゃんには、話《はな》してなかったねー」

「え、ほかの子《こ》は知《し》ってるの？」

「うん、クラスの子《こ》は知《し》ってるよ。だからみんな、苗字《みょうじ》で呼《よ》んでくれてるんだ」

「あっ、言《い》われてみれば……！」

呼《よ》ばれ方《かた》って、相手《あいて》によってバラバラじゃない？

だから、あまり気《き》にとめてなかったけど。

沢渡《さわたり》さんは、仲《なか》がいい男子《だんし》からも女子《じょし》からも、苗字呼《みょうじよ》びされてる。

だからこそうちは、みんながそう呼《よ》ぶように、自然《しぜん》と「沢渡《さわたり》さん」って呼《よ》んでたんだ。

「――あたし、自分《じぶん》の名前《なまえ》があんまり好《す》きじゃなくてさ。これ、おとなに言《い》うと『せっかく親《おや》からもらった大切《たいせつ》な名前《なまえ》を～』なんて、しかられちゃうんだけど」

沢渡《さわたり》さんは、まゆをひそめながら言《い》った。

「そうかあ……でも、なんで？　って、理由《りゆう》きいてもいい？」

と、きいちゃったあとから、フォローすると。

沢渡《さわたり》さんは、気《き》にしなくていいよって言《い》うように、ニコッとしてから、口《くち》を開《ひら》いた。

「うーんとね。そんなにハッキリした理由《りゆう》っていうんじゃないんだけど……きっかけは、名前《なまえ》の由来《ゆらい》、かな」

沢渡《さわたり》さんは、考《かんが》えながら、ゆっくりと話《はな》す。

「あたしの名前《なまえ》、お兄《にい》ちゃんとリンクしてるんだ。お兄《にい》ちゃんが『光雷《こうらい》』で雷《かみなり》の光《ひかり》、あたしが風音《かざね》で風《かぜ》の音《おと》。親《おや》のこだわりで、そうしたみたいなんだけど。あたしは、あんまりしっくりこなくて……」

……へえ、なるほど！

うちは考《かんが》えたことなかったけど、そんなふうに感《かん》じる人《ひと》も、いるんだね。

「きかせてくれてありがとう」

「っていうか、あかねちゃんとかえでちゃんの名前《なまえ》も、リンクしてるよね。それなのにごめんね、こんなこと言《い》って」

沢渡《さわたり》さんが、ハッとした様子《ようす》で手《て》を合《あ》わせる。

「ううん、大丈夫《だいじょうぶ》だよ。名前《なまえ》の由来《ゆらい》って、うちも親《おや》にきいたことあってさ。双葉家《ふたばけ》は代々《だいだい》、植物《しょくぶつ》に関《かん》する言葉《ことば》を名前《なまえ》に入《い》れてるんだって。だから、うちらのお父《とう》さんも幹人《みきと》って名前《なまえ》なんだー」

「へえ。きょうだいだけじゃなくて、家族《かぞく》でリンクしてるんだ。おもしろいなー」

うちは、大《おお》きくうなずく。

「うちは、自分《じぶん》の『あかね』って名前《なまえ》、かえでとのつながりもふくめて気《き》に入《い》っているけど。よく考《かんが》えたら、親《おや》がその言葉《ことば》が好《す》きでつけてくれても、それを子《こ》どもが気《き》に入《い》るなんて決《き》まってないよね。好《す》きにならなきゃいけないわけじゃないと思《おも》う。生《う》まれたばっかのときにもらった自分《じぶん》の名前《なまえ》を、みーんな気《き》に入《い》ってたら、逆《ぎゃく》にこわいよ！」

うちが大《おお》げさな身振《みぶ》りで言《い》ってみせると、沢渡《さわたり》さんは吹《ふ》きだした。

「あはっ、そーかな？」

「そうだよ！　でも、名前《なまえ》ってどんなときもついてくるから。居心地《いごこち》わるいんじゃない？」

「うーん。……条件《じょうけん》がそろえば、改名《かいめい》することもできるみたいだけど。あたしは、苗字《みょうじ》で呼《よ》んでもらえればそれでいいかなって思《おも》ってるよ」

「そっか。サッカークラブのみんなは？　名前《なまえ》で呼《よ》んでくる先輩《せんぱい》もいるでしょ？」

「そうだなー。樹先輩《いつきせんぱい》たちがあたしを『風音《かざね》ちゃん』って呼《よ》ぶのは、『沢渡先輩《おにいちゃん》の妹《いもうと》だから』って認識《にんしき》だろうし。だから、サッカークラブでは、このままでいいかな」

沢渡《さわたり》さんは、考《かんが》えながら、ちゃきちゃき教《おし》えてくれる。

よかった！

うちは気《き》がかりだったことが晴《は》れて、スッキリした気分《きぶん》！

「わかった。うちはこのまま苗字《みょうじ》で呼《よ》ぶね」

「ありがとう。まあ『さわたり』って4文字《もじ》で呼《よ》びにくいけどね。ほら、サッカーしてるときもとっさに呼《よ》びづらいじゃん？」

「あー、まあ、たしかに。『さわたりさん！』は、とっさに言《い》いづらいかも？」

「でしょ。だから、そのときあたしが着《き》てるベストの番号《ばんごう》とかで呼《よ》んでよ」

沢渡《さわたり》さんはそう言《い》って立《た》ちあがると、

「そろそろ帰《かえ》ろっか！」

と、やっぱりスッキリした顔《かお》で笑《わら》った。

10 藤司《とうじ》くんのウラの顔《かお》？

「よー藤司《とうじ》ー、帰《かえ》ろうぜー」

放課後《ほうかご》の教室《きょうしつ》で。

ランドセルをとりだした真壁《まかべ》くんが、藤司《とうじ》くんに声《こえ》をかけていた。

すると、藤司《とうじ》くんは、きっぱりと首《くび》を横《よこ》にふった。

「わるい。おれ、今日《きょう》からしばらく自主練《じしゅれん》するから、いっしょに帰《かえ》れないんだ」

「へ？　自主練《じしゅれん》って、なんの？」

そばにいたあかねも気《き》になったようで、いっしょに首《くび》をつっこんでる。

すると、藤司《とうじ》くんは胸《むね》を張《は》って答《こた》えた。

「もちろん、トランペットの、だよ。先生《せんせい》に直談判《じかだんぱん》して、自主練《じしゅれん》の許可《きょか》もらったんだ！」

「へえぇ〜〜〜、藤司《とうじ》、入部早々《にゅうぶそうそう》、すごいやる気《き》だなー」

「うちも負《ま》けてられないなあ。今日《きょう》もサッカーの特訓《とっくん》、がんばる！」

「おうっ！　おたがい、がんばろーぜ！」

力強《ちからづよ》いガッツポーズを決《き》めた藤司《とうじ》くん。

ずんずんと、大《おお》きく手《て》をふって教室《きょうしつ》を出《で》ていく藤司《とうじ》くんを、ぼくたちはそろって見《み》おくった。

「藤司《とうじ》、すごーく楽《たの》しそうだね」

「だな！　クラブ変《か》えてよかったよな！」

あかねと真壁《まかべ》くんが、ほほえましそうに話《はな》している。

でも、ぼくは……。

藤司《とうじ》くんの出《で》ていったドアを見《み》やって、小首《こくび》をかしげる。

——本当に、そうなのかなあ……？

むしろぼくには、藤司《とうじ》くん、少《すこ》し元気《げんき》がないように見《み》えるんだよね……。

たしかに、学校《がっこう》では、明《あか》るくふるまってる。

だけど、ぼくとの間《あいだ》では、ここしばらく、少《すこ》しだけ様子《ようす》がちがうんだ。

ぼくと藤司《とうじ》くんは、ときどきメッセージアプリでおしゃべりするんだけど。

ぼくがメッセージを送《おく》るとき、ふだんの藤司《とうじ》くんは「スマホにはりついてる⁉」ってくらい、返信《へんしん》が早《はや》い。

なのに最近《さいきん》は、けっこうおくれて返《かえ》ってくる。

やっときても、なんだか少《すこ》し気《き》がそぞろな内容《ないよう》なんだ。

どうしたんだろう……。

もしかして、ぼくに対《たい》する気持《きも》ちに、なにか変化《へんか》があったかな？　とドキッともしたけど……。

ぼくと話《はな》すときは、変《か》わらずうれしそうにしてくれるから、そうじゃないと信《しん》じたい。

だとしたら。

藤司《とうじ》くん、なにか、べつの悩《なや》みでもあるんじゃないかな……？

――よし。様子《ようす》を見《み》にいってみよう。

ぼくのカンちがいだったら、それはそれでいいんだしね。

ぼくはあかねたちと別《わか》れて、1人《ひとり》で4階《かい》の音楽室《おんがくしつ》を目指《めざ》した。

今日《きょう》は金管《きんかん》クラブの活動日《かつどうび》じゃないから、ここにいるのは、藤司《とうじ》くん1人《ひとり》のはず。

防音《ぼうおん》の重《おも》たいとびらを、そーっと開《ひら》いてみると……。

わずかなすき間《ま》から、

「はあああ〜〜……」

——と、今《いま》までできいたことのない、でっかいため息《いき》がきこえてきた。

「えっ、藤司《とうじ》くんどうしたの……!?」

たまらず、とびらを大《おお》きく引《ひ》くと、藤司《とうじ》くんと目《め》が合《あ》う。

藤司《とうじ》くんは、広《ひろ》い音楽室《おんがくしつ》の教壇《きょうだん》の段差《だんさ》にすわって、1人《ひとり》、ちょこんとひざをかかえていた。

「えっ……か、かえで……!?」

入《はい》ってきたのがぼくだとわかった瞬間《しゅんかん》、藤司《とうじ》くんはとびあがるように立《た》ちあがって、ごまかそうとする。

「えええと、今《いま》のは、えっと、いい音《おと》を出《だ》すためのストレッチの一種《いっしゅ》で……」

ええ、ストレッチ!?

そのわりに、声《こえ》がしどろもどろなんだけど。

「そうなの？」

じっと目《め》を見《み》つめて言《い》うと、藤司《とうじ》くんはあきらめたように、ぐったりと両肩《りょうかた》を落《お》とした。

「………こんなとこ、かえでには見《み》せたくなかったなあ」

「ごめんね。でも藤司《とうじ》くん、最近《さいきん》、元気《げんき》ないから」

「え、バレてた？」

「ぼくにはわかるよ」

ほほえむと、藤司《とうじ》くんは顔《かお》を赤《あか》くして、視線《しせん》をそらす。

「……だからぼく、心配《しんぱい》で。よかったら、話《はな》してほしいな。もちろん、ムリに話《はな》さなくてもいいけど……」

「……いや」

藤司《とうじ》くんが、力《ちから》のない姿勢《しせい》のまま、首《くび》をふる。

「おれ……がんばってかくそうとしてきたけど。いざバレたら……かえでに気《き》づいてもらえたの、うれしいかも」

藤司《とうじ》くんはそう言《い》って、もう一度《いちど》、段差《だんさ》に腰《こし》をおろす。

ぼくも、そのとなりにすわると、藤司《とうじ》くんが、ぽつりぽつりと話《はな》しはじめる。

「あのさ……おれ、あんなにずっと、やりたいやりたいって言《い》ってたのに……トランペット、ぜんぜんうまく音《おと》が出《だ》せないんだよ」

「……！」

「しかもペットは、ほかに2人《ふたり》も希望者《きぼうしゃ》がいてさ。先輩《せんぱい》たちはおれを、べつの楽器《がっき》にまわしたいらしいんだ」

「そうだったんだね……」

藤司《とうじ》くんの、トランペットへのあこがれは、ずっときいてた。

やっと金管《きんかん》クラブに入《はい》れたのに、まさかうまく吹《ふ》けない、だなんて……。

「これ、姉《ねえ》ちゃんから借《か》りたんだけどさ……」

藤司《とうじ》くんがポケットから、なにかを取《と》りだす。

手《て》のひらにのってるのは、銀色《ぎんいろ》の金属《きんぞく》。

「これは？」

「マウスピースって言《い》って、ここに口《くち》をつけて楽器《がっき》に息《いき》を吹《ふ》きこむんだ。金管楽器《きんかんがっき》を演奏《えんそう》するには、まず、このマウスピースだけで音《おと》を出《だ》したり、音階《おんかい》をつかむことが大事《だいじ》なんだって」

「じゃあ、藤司《とうじ》くんが言《い》ってた自主練《じしゅれん》っていうのは、マウスピースを吹《ふ》く練習《れんしゅう》のことだったんだね」

「うん。——でも、ぶっちゃけ、地味《じみ》な練習《れんしゅう》だしさ。ずーっとこれだけ吹《ふ》いててもつまんないし。そもそも練習《れんしゅう》したって、トランペットをまかせてもらえるかは、わかんないんだよ。でも、ペットが吹《ふ》けないなら、正直《しょうじき》おれ、金管《きんかん》クラブに移《うつ》った意味《いみ》ないだろ？　………カッコわるすぎて、みんなには言《い》いづらくて……」

藤司《とうじ》くん、頭《あたま》が、どんどん地面《じめん》にむかって下《さ》がっていく。

「はあー。入部《にゅうぶ》したらすぐ、バンバン吹《ふ》けてる自分《じぶん》しか想像《そうぞう》してなかったんだよなあ……」

段《だん》の上《うえ》に、こてんと寝《ね》っころがる藤司《とうじ》くん。

ぼくは、変《か》わらずそばにしゃがんだまま、ふと思《おも》う。

こんな藤司《とうじ》くん……新鮮《しんせん》だなって。

藤司《とうじ》くんは、勉強《べんきょう》は少《すこ》し苦手《にがて》みたいだけど、器用《きよう》だし、運動神経《うんどうしんけい》もいいから、たいていのことはそつなくこなす。

こんなふうに、うまくいかなくて、ふてくされている姿《すがた》を見《み》るのは、初《はじ》めてなんだ。

だからこそ、藤司《とうじ》くんは1人《ひとり》で抱《かか》えこんでいたんだよね。

「えーと。藤司《とうじ》くんがトランペット担当《たんとう》になるのは、難《むずか》しいの？」

「……うん。トランペット希望《きぼう》の4年《ねん》が何人《なんにん》かいるんだけど。おれが一番《いちばん》、音《おと》が出《で》てなくて……。ほかの楽器《がっき》を考《かんが》えてみてって言《い》われてるんだ。そのほうが、クラブに貢献《こうけん》できるんだろうけど……すなおに『わかりました』って言《い》えない自分《じぶん》がいるんだ」

「そうだよね……藤司《とうじ》くんは、すすめられてる楽器《がっき》のこと、どう思《おも》ってるの？」

「ほかの楽器《がっき》なんて、ぜんぜんやるイメージわかないよ！　おれがやりたいのは、ず――っと前《まえ》からペットなんだし！」

「なるほど……」

藤司《とうじ》くん、トランペット一筋《ひとすじ》だもんな。

それなら、あきらめずに、とことんまで、チャレンジしたほうがいいのかな。

あ、でも……！

ぼくは、頭《あたま》の中《なか》で一生《いっしょう》けん命《めい》考《かんが》えをまとめながら、藤司《とうじ》くんに伝《つた》えてみる。

「じゃあ……思《おも》いきって、そのべつの楽《がっ》器《き》を、一度《いちど》、全力《ぜんりょく》でやってみるっていうのはどう!?」

「へ？」

藤司《とうじ》くんは、体《からだ》を起《お》こして、いぶかしむような顔《かお》になる。

ぼくは、その反応《はんのう》にドキドキしながらも、言葉《ことば》をつづける。

「ぼく、よくわかっていないのに、ごめんね。でもね、藤司《とうじ》くんがその楽器《がっき》のことをぜんぜん知《し》らないなら、もしかしてやってみたら、好《す》きになるかもしれないし。やってみたあとで、それでも『やっぱりトランペットをやりたい！』って思《おも》ったら、そのときは、覚悟《かくご》を決《き》めて思《おも》いっきりチャレンジできるんじゃない？」

……ど、どうだろう。

知《し》らないくせに勝手《かって》なこと言《い》うなって、怒《おこ》るかな。なんて思《おも》っていたけれど。

「なるほど……！」

そっと顔《かお》を見《み》あげると、藤司《とうじ》くんは、目《め》からウロコって顔《かお》をして、ひとみをかがやかせていた。

「たしかにおれ、『これしかないのに！』って思《おも》いこんでた。でも、やってみなきゃ、ほかの楽器《がっき》のおもしろさだって、わかんないよなあ！」

藤司《とうじ》くんの前向《まえむ》きな声《こえ》が、音楽室《おんがくしつ》にひびく。

「サンキューかえで、先生《せんせい》に相談《そうだん》してみるよ！」

藤司《とうじ》くんのニカッと大《おお》きな笑顔《えがお》に、ぼくは心《こころ》の底《そこ》からホッとする。

こんな提案《ていあん》をきいたら、イヤな気持《きも》ちになったり、怒《おこ》ったりするかもって、ドキドキしたけど。

藤司《とうじ》くんは、すなおに耳《みみ》をかたむけてくれた。

……こういうところ、ステキだなって。

ぼく、藤司《とうじ》くんのこと好《す》きだな、って思《おも》う……。

「ぼくもね……じつは、おえかきクラブに新《あたら》しく入《はい》ってきた4年《ねん》の子《こ》と、うまくつきあえなくて。悩《なや》んでたんだ」

ぼくも、思《おも》わず今《いま》の気《き》がかりを打《う》ちあけていた。

「そっか。うまくいってないやつと関《かか》わるのって、しんどいよな」

「うん……でも、その子《こ》は、クラブには、きたいみたいなんだ。だからぼく……なかよくなることをあきらめたくないなって。もっとその子《こ》のことを知《し》りたいって思《おも》ってるんだ」

自分《じぶん》の気持《きも》ちをたしかめながら、ゆっくりと言葉《ことば》にしてみる。

藤司《とうじ》くんが、うんうんとうなずきながら、きいてくれる。

「おれも、辰紅《たつく》とはじめのころ、そんな感《かん》じだったよ。でも、ちゃんと友《とも》だちになれたから。かえでも、きっと大丈夫《だいじょうぶ》」

「えっ、人《ひと》づきあいが上手《じょうず》な藤司《とうじ》くんでも、こういう経験《けいけん》があるの……!?」

とぼくはおどろく。

でも、よく考《かんが》えてみれば、たくさんの人《ひと》と接《せっ》してるからこそ、当然《とうぜん》なのかも？

それでも、まっすぐ人《ひと》と関《かか》わりつづけているから。

藤司《とうじ》くんには、友《とも》だちがたくさんいるんだろうな……。

「かえで、話《はな》してくれて、あと、アドバイスくれて、ありがとな。おたがい、がんばろうなっ」

藤司《とうじ》くんが、くもりのない、太陽《たいよう》みたいな笑顔《えがお》を見《み》せてくれて。

ぼくの胸《むね》も、いっぱいになる。

「うんっ！　あ、それとね藤司《とうじ》くん……」

「ん？」

「ぼくはね。トランペットを吹《ふ》く藤司《とうじ》くんも、きっとカッコいいけど。どんな楽器《がっき》を演奏《えんそう》しててても、マウスピースで地道《じみち》に練習《れんしゅう》してる藤司《とうじ》くんのことも、やっぱりカッコいいなって……思《おも》う、よ……」

わわわわわわっ。

言《い》っている間《あいだ》に、どんどん顔《かお》が熱《あつ》くなってきちゃった……。

わっ、たぶん、今《いま》、まっかっかだ……。
はずかしくて、顔《かお》をあげられずにいると。
「かえで～～ありがとな～～～」
藤司《とうじ》くんは、感《かん》きわまったように目《め》を細《ほそ》めたあと。
腕《うで》を顔《かお》にあてて、泣《な》きマネをする。
真《ま》っ赤《か》になったぼくを、居心地《いごこち》わるくしないようにしてくれたのかな。
豪快《ごうかい》な（ウソ）泣《な》きっぷりに、ぼくは自然《しぜん》と笑顔《えがお》になっていた。

11 運命《うんめい》の試合《しあい》がはじまる！

「みんな、集《あつ》まってくれてありがとう！」

うちが呼《よ》びかけると、

「あたりまえだよ、あかね。これは、サッカークラブの今後《こんご》を決《き》める大事《だいじ》な試合《しあい》だからね」

樹先輩《いつきせんぱい》が答《こた》える。

ほかのサッカークラブのメンバーも、大《おお》きくうなずいてくれた。

そう――。

いよいよ、約束《やくそく》していた試合《しあい》の日《ひ》なんだ。

今日《きょう》は休日《きゅうじつ》だけど、集合《しゅうごう》をかけたメンバー全員《ぜんいん》が、時間《じかん》どおりに校庭《こうてい》へきてくれた。

もちろん、市池先輩《いちいけせんぱい》と三久保先輩《みくぼせんぱい》も。

さっそく、青《あお》いビブスをかぶりながら、こちらをにらんでくる。

「はやく始《はじ》めようぜ。あかね。本当《ほんとう》に、新田《にった》はそっちのチームってことでいいんだよな？」

「はい、もちろんです」

うちは、市池先輩《いちいけせんぱい》と三久保先輩《みくぼせんぱい》を冷静《れいせい》に見《み》つめかえして言《い》う。

「バカだよな、ほいほい自分《じぶん》らが不利《ふり》になることとして」

「初心者引《しょしんしゃひ》きとれば、なんだかんだ、俺《おれ》らに手《て》え抜《ぬ》いてもらえるとでも思《おも》ってるんじゃね？」

ムッカ――――！

2人《ふたり》が、ごちゃごちゃ言《い》ってるけど、でも、気《き》にしないっ。

もちろん、手《て》を抜《ぬ》いてもらおうなんてつもりは、毛頭《もうとう》ないからね！

うちらが赤《あか》いビブスに袖《そで》を通《とお》すと、市池先輩《いちいけせんぱい》が口《くち》を開《ひら》く。

「試合《しあい》を始《はじ》める前《まえ》に、ルールの確認《かくにん》をしようぜ」

三久保先輩《みくぼせんぱい》が、審判《しんぱん》を引《ひ》きうけてくれた中学生《ちゅうがくせい》の先輩《せんぱい》に、紙《かみ》を手《て》わたす。

中学生《ちゅうがくせい》の先輩《せんぱい》が、それを読《よ》みあげる。

「――この勝負《しょうぶ》、青《あお》ビブスの市池《いちいけ》・三久保《みくぼ》チームが勝《か》てば、沢渡《さわたり》と双葉《ふたば》は、今後《こんご》、クラブ内《ない》でおとなしくしていること」

市池先輩《いちいけせんぱい》と三久保先輩《みくぼせんぱい》が、ニヤニヤしながらうなずく。

「――赤《あか》ビブスのあかね・沢渡《さわたり》チームが勝《か》てば、市池《いちいけ》と三久保《みくぼ》は、今後《こんご》あかねたちに、とやかく言《い》わない」

うちと沢渡《さわたり》さんも、こくりとうなずいた。

「よし。それじゃあ各《かく》チーム、コートに入《はい》って」

うちのチームは、たった1人《ひとり》6年生《ねんせい》の樹先輩《いつきせんぱい》が、キーパーをやってくれることになった。

っていうことは、フィールドにいるのは、全員《ぜんいん》4～5年生《ねんせい》ってこと！

「樹先輩《いつきせんぱい》っ、たのみますっ‼」

「おうっ、まかせとけ！　みんな、積極的《せっきょくてき》にゴールねらってけよ！」

「「「はいっ！！！」」」

「新田《にった》、カチコチになってるぞー。俺《おれ》やあかねたちもいるんだ、大丈夫《だいじょうぶ》！」

「は、はいっ、が、が、がんばりますっ」

「あはは、優季《ゆうき》くん、まだまだかたいよー」

プレッシャーで顔《かお》がこわばる優季《ゆうき》くんの背中《せなか》を、チームメンバーが1人《ひとり》ずつ、ぽんっとたたく。

うん。赤《あか》チームの空気《くうき》は、いい感《かん》じだ。

一方《いっぽう》、青《あお》チームは。

「俺《おれ》ら6年《ねん》が点《てん》とるから、4年《ねん》2人《ふたり》は足《あし》ひっぱるなよ」

「志水《しみず》は、あいつらひいきして手《て》え抜《ぬ》いたら承知《しょうち》しないからな！」

「わかってるって。いつものクラブ活動《かつどう》みたいに、全力《ぜんりょく》でやるよ」

いらだってる市池先輩《いちいけせんぱい》を落《お》ちつかせるように、志水先輩《しみずせんぱい》がおだやかに言《い》う。

4年生《ねんせい》たちは、やりづらそうにうなずいたあと、視線《しせん》をかわしあってる。

「なんだよ、なんか文句《もんく》あんのか？」

「あ……いえ……」

三久保先輩《みくぼせんぱい》がするどい視線《しせん》をむけると、4年生《ねんせい》はさっと下《した》をむく。

うーん、なんか……ピリピリしてるなあ。

でも、青《あお》チームは、サッカーの技術《ぎじゅつ》が高《たか》い人《ひと》がそろってる。

多少《たしょう》ぎくしゃくしていても、強《つよ》いだろうな。

「試合《しあい》は特別《とくべつ》ルールで20分《ぷん》。審判《しんぱん》は、公平《こうへい》になるように、中学生《ちゅうがくせい》の先輩《せんぱい》におねがいした。これでいいだろ？」

「ああ」

樹先輩《いつきせんぱい》の言葉《ことば》に、三久保先輩《みくぼせんぱい》が、満足《まんぞく》そうに答《こた》える。

「それじゃ、さっさと始《はじ》めようぜ！」

じゃんけんの結果《けっか》、青《あお》チーム、つまり敵《てき》チームのボールから始《はじ》まることになった。

市池先輩《いちいけせんぱい》が、三久保先輩《みくぼせんぱい》にかるくボールをパスして、キックオフだ。

2人《ふたり》はこっちのゴールポストめがけて、あがってくる。

うちが、ボールをもった三久保先輩《みくぼせんぱい》に、プレッシャーをかけるように近《ちか》づくと、

「市池《いちいけ》」

さっとパスを出《だ》されてしまう。

市池先輩《いちいけせんぱい》をマークしていた沢渡《さわたり》さんがすばやくボールを奪《うば》いにいくと、沢渡《さわたり》さんをうまくひきつけたところで、市池先輩《いちいけせんぱい》から、また三久保先輩《みくぼせんぱい》にパス。

くう……っ！

やっぱり堂々《どうどう》と人《ひと》を見下《みくだ》すだけあって、先輩《せんぱい》たち、うっまいっ……！

足《あし》が速《はや》い上《うえ》に、ボールコントロールもうまいんだよなー。

よゆうでゴールに近《ちか》づいていく先輩《せんぱい》たちに、ゴール前《まえ》を守《まも》る吉良《きら》くんと優季《ゆうき》くんが身《み》がまえた

とき。

三久保先輩《みくぼせんぱい》が、ボールをもったまま、スピードを上《あ》げてまっすぐ優季《ゆうき》くんにむかう！

「つ！」

必死《ひっし》に足《あし》を出《だ》してボールを奪《うば》おうとする優季《ゆうき》くんを、かるがるとかわし、そのままシュート！

ゴールキーパーの樹先輩《いつきせんぱい》も手《て》を伸《の》ばしたけれど、三久保先輩《みくぼせんぱい》は、フェイントをかけて、ワンテンポずらしてボールを蹴《け》った。

ザッ！

と逆《ぎゃく》サイドのゴールネットが揺《ゆ》れて、**ピ――ッ**と審判《しんぱん》の笛《ふえ》。

あああっ、あざやか……っ！

「っしゃ、先制点《せんせいてん》！」

「ナイス、三久保《みくぼ》」

三久保先輩《みくぼせんぱい》と市池先輩《いちいけせんぱい》は、満面《まんめん》の笑《え》みでハイタッチしている。

「さっそく1点《てん》いただき！」

「す、すみません……僕《ぼく》が……」

「気《き》にしないで、優季《ゆうき》くん。切《き》りかえて次《つぎ》、いこ！」

――でも、ゲーム開始《かいし》からあっという間《ま》の1点《てん》。

このペースだと、もっともっと、点入《てんい》れられちゃいそう。

でも……この作戦でいいんだよね、吉良《きら》くん？

うちが、ちらっと視線《しせん》を送《おく》ると、吉良《きら》くんは、うなずくように、わずかにあごを引《ひ》いた。

うん――じゃあ、気《き》をとり直《なお》して。

先取《せんしゅ》されたうちら赤《あか》チームのボールで、試合再開《しあいさいかい》だ。

うちは、迷《まよ》わず、少《すこ》しうしろにいる沢渡《さわたり》さんにパスする。

吉良《きら》くんも加《くわ》わって3人《にん》で、敵《てき》コートへときりこんでいく。

と、すぐに青《あお》チームのマークがついてくる。

うちら3人《にん》は、こまかくパスをまわしながら、ゴールに迫《せま》っていく。

パスが、沢渡《さわたり》さんにつながって、すかさずシュート体勢《たいせい》に入《はい》ったとき――。

「ぜってえさせねえ！」

「！」

スライディングしてくる市池先輩《いちいけせんぱい》を、沢渡《さわたり》さんは、なんとかかわす。

けど、三久保先輩《みくぼせんぱい》も、沢渡《さわたり》さんのほうへ走《はし》ってる。

うーん……2対《たい》1じゃ突破《とっぱ》できないな。

いったん、立《た》てなおそう。

「沢渡《さわたり》さん、こっち！」

沢渡《さわたり》さんもそう思《おも》ったようで、すぐにボールをくれる。

でも、うちへのパスを読《よ》んでいた三久保先輩《みくぼせんぱい》が、方向転換《ほうこうてんかん》してこっちへむかってくる。

なかなかシュートチャンスがない――あせりを感《かん》じたそのとき、

「！」

吉良《きら》くんが、うまく三久保先輩《みくぼせんぱい》の前《まえ》をふさいで、動《うご》きを止《と》めたんだ。

――今《いま》だ！

「あっ、くそっ！」

その一瞬《いっしゅん》のすきをついて、うちはフリー状態《じょうたい》でゴールにむかってシュート！

4年生《ねんせい》のキーパーは反応《はんのう》できず、うちの蹴《け》ったボールは、ネットへ吸《す》いこまれていった。

ザシュッ！

「つしゃ！　こっちも1点《てん》っ！」

うちは汗《あせ》をぬぐいながら、片手《かたて》でガッツポーズ！

「あかね、ナイッシュー」

「吉良《きら》くんも、ナイスアシスト！」

うちらは、チームみんなでハイタッチする。

一方《いっぽう》、青《あお》チームは……。

「くそっ、キーパーちゃんと仕事《しごと》しろよ！」

「す、すみません……」

青《あお》チームの4年生《ねんせい》キーパーが、小《ちい》さく謝《あやま》る。

と、市池先輩《いちいけせんぱい》や三久保先輩《みくぼせんぱい》が、くるりとこっちをむいた。

「まーいい、まだ時間《じかん》もあるし、さっさと点《てん》とるぞ」

「あっちには、弱点《じゃくてん》があるからな」

2人《ふたり》は、くやしそうだけど、よゆうのふんいきだ。

自分《じぶん》たちが負《ま》けるなんて、考《かんが》えてもいないみたい。

「よし、追加点《ついかてん》いくぞ！」

青《あお》チームのボールで試合《しあい》が再開《さいかい》すると、青《あお》チームが、みるみるこっちのコートに入《はい》ってくる。

むかえうつのは、うち、沢渡《さわたり》さん、吉良《きら》くん、優季《ゆうき》くん。

吉良《きら》くんには、ゴール前《まえ》のディフェンスをまかせている。

「ほかのやつは、沢渡《さわたり》とあかねをおさえとけ！」

「「！」」

うちらはマークされて、思《おも》うようにコートを動《うご》けない。

さっきよりもたやすく、市池先輩《いちいけせんぱい》がゴールに距離《きょり》をつめてくる。

先輩《せんぱい》の目《め》の前《まえ》をふさごうとするのは——優季《ゆうき》くん！

「楽勝《らくしょう》！」

「こ、今度《こんど》こそ……！」

優季《ゆうき》くんは、足《あし》だけじゃなく、全身《ぜんしん》で、市池先輩《いちいけせんぱい》にくらいつこうとする。

市池先輩《いちいけせんぱい》が、さっきのようには突破《とっぱ》できなくて、フェイントをかけてかわそうとした——瞬間《しゅんかん》。

「もーらい」

吉良《きら》くんが、市池先輩《いちいけせんぱい》のわきを抜《ぬ》くように、さっとボールを奪《うば》った。

よっしゃ！

「「「赤《あか》、カウンター！」」」

青《あお》チームは、ゴールキーパー以外《いがい》、こっちのエンドにあがってしまっている。

つまり――今《いま》の青《あお》チームは、防御力《ぼうぎょりょく》０《ゼロ》!!
沢渡《さわたり》さんとうちが、全速力《ぜんそくりょく》でゴールめがけて走《はし》る。

ふいをついて、マークをはずした沢渡《さわたり》さんの前《まえ》に、吉良《きら》くんから速《はや》いパスがくる！

そのまま、一気《いっき》にドリブルで駆《か》けあがる沢渡《さわたり》さん。

市池先輩《いちいけせんぱい》たちは、あわてて追《お》うけど……。

うちは、夢中《むちゅう》でさけぶ。

「いっけ――――**さわ!!**」

沢渡《さわたり》さんは、トップスピードのまま走《はし》りぬき、先輩《せんぱい》に追《お》いつかれる直前《ちょくぜん》で、鋭《するど》くシュート！

ゴールキーパーの手《て》をかすめたけれど、弾《はじ》かれたボールはそのままゴールポストの中《なか》へ！

ザンッ！

「やったあ、これで2点《てん》めっ！」

沢渡《さわたり》さんが、ニッと笑《わら》ってピースサインする。

うん、これで2―1。

そして――ここからが。

うちらの作戦スタートだ！

うちら5人《にん》は、顔《かお》を見《み》あわせてうなずく。

残《のこ》り、5分《ふん》ちょっと！　全力《ぜんりょく》でやるよ！

「市池《いちいけ》、新田《にった》なんか抜《ぬ》くのに手《て》間《ま》取《ど》ってんじゃねーよ！」

「うるせー！」

ギスギス言《い》いあう市池先輩《いちいけせんぱい》と三久保先輩《みくぼせんぱい》から、ふたたび、青《あお》チームの攻撃《こうげき》スタート。

先輩《せんぱい》たちは、たくみなパスで、センターラインくらいまでは、かるがると攻《せ》める。

でも、そこから先《さき》、なかなかシュートにつな

がらないんだ。

うちと吉良《きら》くんの２人《ふたり》がかりで抑《おさ》えられながら、三久保先輩《みくぼせんぱい》はムリな姿勢《しせい》からシュートを放《はな》つ。

ボールのスピードも威力《いりょく》もイマイチなそれは、あっさりとゴールキーパーに止《と》められた。

試合《しあい》が再開《さいかい》すると、三久保先輩《みくぼせんぱい》は、もうまわりのなかまの様子《ようす》を気《き》にすることもなく、がむしやらなドリブルでうちらのコートに攻《せ》めこんでくる。

「攻《せ》めが雑《ざつ》になってますよっ先輩《せんぱい》っ！」

沢渡《さわたり》さんがプレスをかけると、三久保先輩《みくぼせんぱい》はパスが出《だ》せず、足《あし》が止《と》まる。

と、そこに青《あお》チームの志水先輩《しみずせんぱい》が加勢《かせい》。

形勢逆転《けいせいぎゃくてん》したそのすきに、三久保先輩《みくぼせんぱい》は、うちらのゴールにむかう！

まずいっ――と、うちがあわてた、そのとき。

「僕《ぼく》だって……っ!!」

優季《ゆうき》くんが、果敢《かかん》に三久保先輩《みくぼせんぱい》の前《まえ》に飛《と》びこみ、シュートコースを防《ふせ》ぎながら、ボールをコート外《がい》に蹴《け》りだした！

わっ、ナイスクリア！

「おまえも新田《にった》に止《と》められてんじゃねーか！」

三久保先輩《みくぼせんぱい》と市池先輩《いちいけせんぱい》が、さらにピリついてる。

そう——あれ以降《いこう》、青《あお》チームは、得点《とくてん》できてないんだ。

点《てん》は2—1のまま。

なぜなら——うちら赤《あか》チームが、全員《ぜんいん》で、止《と》めて、止《と》めて、止《と》めまくってるから!!

「くそっ、なんでだよ……っ！」

いらだって、砂《すな》を蹴《け》りあげる市池先輩《いちいけせんぱい》に、

「——教えてあげてもいいですよ、青チームが得点できない理由」

吉良《きら》くんが、ひややかな声《こえ》をかける。

先輩《せんぱい》たちが、動《うご》きを止《と》めてふりむいた。

けわしい顔《かお》で、にらみつけてくる。

「言《い》ってみろよ」

「それは——新田がこっちのチームにいるからです」

吉良《きら》くんが淡々《たんたん》と告《つ》げると、三久保先輩《みくぼせんぱい》が、うすら笑《わら》う。

「はあ？　新田《にった》はこの中《なか》で一番《いちばん》ヘタなんだぞ。おまえらが負《ま》ける理由《りゆう》になっても、勝《か》つ理由《りゆう》になるはずがないだろ！」

「そう、先輩《せんぱい》たちは、新田《にった》のことを、そう思《おも》ってる。こっちのチームの弱点《じゃくてん》──『穴《あな》』としてね。たしかに、新田《にった》にはまだ伸《の》びしろがある、でも、肝心《かんじん》なのはそこじゃない」

吉良《きら》くんがそこで言葉《ことば》を切《き》ると。

「新田《にった》……まさか、俺《おれ》らをだますために、ヘタなフリしてたのか？」

市池先輩《いちいけせんぱい》が、真顔《まがお》でたずねる。

「え⁉　いやいやいやいや」

優季《ゆうき》くんは、ぶんぶんと首《くび》を横《よこ》にふった。

「僕《ぼく》が初心者《しょしんしゃ》なのは事実《じじつ》です！　さっきのプレイは、あかね先輩《せんぱい》たちとの特訓《とっくん》の成果《せいか》で……！

でも、吉良先輩《きらせんぱい》が、そんな僕《ぼく》の実力不足《じつりょくぶそく》も計算《けいさん》に入《い》れた作戦《さくせん》を考《かんが》えてくれたんです……っ！」

「作戦《さくせん》って、なんだよ？」

と先輩《せんぱい》たちが首《くび》をかしげても、吉良《きら》くんは口《くち》を開《ひら》かずに、うちのことをちらっと見《み》てくる。

え、つづきは、うちから説明《せつめい》しろってこと？

赤《あか》チームを代表《だいひょう》して、言《い》ってやれ──ってことなのかな。

バトンを受《う》けとったうちは、代《か》わりに口《くち》を開《ひら》く。

「先輩《せんぱい》たち青《あお》チームは、優季《ゆうき》くんを『ねらい目《め》』だって考《かんが》えてる。つまり──青《あお》チームが、どんな攻撃《こうげき》をしかけてくるか、うちらには予測《よそく》しやすいってことです。だからうちらは、1点《てん》でも勝《か》ちこしたら、あとは全力《ぜんりょく》で守《まも》りに徹《てっ》しようって決《き》めてたんです！」

「「「……！」」」

青《あお》チームのメンバーが、ハッと目《め》を見開《みひら》く。

「言《い》われてみれば……市池《いちいけ》も三久保《みくぼ》も、単純《たんじゅん》な動《うご》きばっかしてたな。だからディフェンスされやすかったのか……！」

志水先輩《しみずせんぱい》が、納得《なっとく》したように言《い》う。

「はあ⁉　なんか、作戦《さくせん》っていうか……そんなのズルじゃね⁉」

「ズルい？　戦略《せんりゃく》があってこそスポーツでしょう。じゃなきゃ、監督《かんとく》の存在意義《そんざいいぎ》も薄《うす》れますし。ただボールを追《お》いかけてるだけなら、サッカーじゃなくて球蹴《たまけ》りですよね？」

「う……」

吉良《きら》くんが、ズバッと一刀両断《いっとうりょうだん》。

三久保先輩《みくぼせんぱい》たちは、だまりこむ。

代《か》わりに、樹先輩《いつきせんぱい》が、先輩《せんぱい》たち2人《ふたり》にむかって口《くち》を開《ひら》いた。

「なんか、この試合《しあい》って……ここ最近の市池と三久保みたいだよね」

「……どういうことだよっ」

先輩《せんぱい》が、ふてくされた顔《かお》できく。

「性別《せいべつ》がどうこうとか。初心者《しょしんしゃ》がどうこうとか。そういうのに固執《こしつ》して、勝利《しょうり》を失《うしな》ってる。新田《にった》を見下《みくだ》して、ほかの４年生《ねんせい》をびびらせて、チームワークもぜんぜんとれなくて。これが本当《ほんとう》に、おまえらのやりたい『男《おとこ》だけの世界《せかい》』なのかよ?」

つづけて、志水先輩《しみずせんぱい》も言《い》う。

「あかねたちは、一見不利《いっけんふり》な状況《じょうきょう》をひっくり返《かえ》して、勝《か》ちこしてさ。あとは全員《ぜんいん》で力《ちから》をあわせて、1点《てん》を守《まも》りきってる。あかねたちのほうがカッコよく見《み》えるし、なによりプレイしてて楽《たの》しそうだったよ。——なあ、市池《いちいけ》たちだって、このクラブでやりたかったサッカーって、本当《ほんとう》はこっちなんじゃないの?」

「「…………」」

しばらく、くやしそうにだまりこんだあと、

「……い、いや。まだ試合《しあい》は終《お》わって——」

と、食《く》い下《さ》がろうとした市池先輩《いちいけせんぱい》の肩《かた》に、

「もう残《のこ》り数分《すうふん》だろ。ねらえて引《ひ》き分《わ》けまでだ」

三久保《みくぼ》先輩《せんぱい》が、静《しず》かに手《て》をそえながら言《い》った。

「──────わかった。いさぎよく認《みと》めるよ、あかね。俺《おれ》らの負《ま》けだって」

やった！　この2人《ふたり》が、みずから負《ま》けを認《みと》めた……っ！

2人《ふたり》は、ばつのわるそうな顔《かお》で、こっちを見《み》ている。

勝《か》ったうちらからなにを言《い》われるか、身《み》がまえてるって感《かん》じ？

しかられる前《まえ》の小《ちい》さい子《こ》みたい。

うちが、沢渡《さわたり》さんと顔《かお》を見《み》あわせると、ニコッとしてくれる。

うん、そ、そうだよね！

うちは、1本《ぼん》、人差《ひとさ》し指《ゆび》を出《だ》した。

「じゃあ先輩《せんぱい》たちっ、休憩《きゅうけい》したら、もう1試合《しあい》やりましょう！」

「…………へ？」「…………は？」

「新生《しんせい》サッカークラブとしての、試合《しあい》！　ねっ！」

2人《ふたり》はキツネにつままれたみたいに、ぽかん。

「次《つぎ》のメンバーはうち、吉良《きら》くん、沢渡《さわたり》さん、それと──市池《いちいけ》先輩《せんぱい》と三久保《みくぼ》先輩《せんぱい》がチームで！」

「「はあ⁉」」

市池先輩《いちいけせんぱい》と三久保先輩《みくぼせんぱい》は、目《め》を丸《まる》くして、さけぶ。

「いいじゃん、おもしろそう！」

「樹先輩《いつきせんぱい》たちも、つきあってくれますか？」

「もちろん！　まだ時間《じかん》もあるしね」

樹先輩《いつきせんぱい》と志水先輩《しみずせんぱい》は、すっかり乗《の》り気《き》みたい。

「おれらもやりたいです！」

4年生《ねんせい》3人《にん》も、キラキラした顔《かお》で言《い》ってくれる。

「ほら、市池先輩《いちいけせんぱい》と三久保先輩《みくぼせんぱい》も、早《はや》く早《はや》く！」

「お……おう……」

2人《ふたり》は、まだこの状況《じょうきょう》に困惑《こんわく》してるみたいだけど、すなおにみんなの輪《わ》の中《なか》に入《はい》った。

第《だい》2試合《しあい》は、序盤《じょばん》から互角《ごかく》の戦《たたか》いになった。なかなか得点《とくてん》が決《き》まらない。

敵《てき》チームを出《だ》しぬこうとして、どんどんプレイに熱《ねつ》が入《はい》っていく。

夢中《むちゅう》になるにつれて、チームの連係《れんけい》もとれていく。

うちが、沢渡《さわたり》さんからもらったボールを、ワンタッチでゴール前《まえ》のスペースに蹴《け》りこみながら、

「市池先輩《いちいけせんぱい》っ——」

そこに、マークをうまくはずした市池先輩《いちいけせんぱい》が走《はし》りこんで——

シュート！

ザンッとゴールが揺《ゆ》れた。

「つしゃあ！」

思《おも》わずガッツポーズをきめて吠《ほ》える先輩《せんぱい》に、うちは駆《か》けよる。

「市池先輩《いちいけせんぱい》、ナイッシュー！」

いきおいでハイタッチの手《て》を出《だ》しちゃったけど。

あっ……拒否《きょひ》されるかな？　と思《おも》ったそのとき。

「……あかねも、ナイスパス」

うちがひっこめかけた手《て》のひらに、市池先輩《いちいけせんぱい》が。

ぽん、と自分《じぶん》の手《て》のひらをぶつけてくれた。

「あかね、沢渡《さわたり》。いろいろわるかったな……」

「俺《おれ》も。あと、新田《にった》も。バカにするようなこと言《い》って、ごめん」

試合《しあい》のあと。

市池先輩《いちいけせんぱい》と三久保先輩《みくぼせんぱい》が、うちらにむかって、頭《あたま》を下《さ》げてくれた。

「いえ、僕《ぼく》は。あかね先輩《せんぱい》と風音先輩《かざねせんぱい》がいいって言《い》うなら、僕《ぼく》も気《き》にしません」

優季《ゆうき》くんはそう言《い》って、うちらに視線《しせん》をむける。

「あたしだって。ここにいるみんなで、楽《たの》しくサッカーしたいだけですから!」

「うちも! だから先輩《せんぱい》たち、顔《かお》を上《あ》げてください!」

笑顔《えがお》でそう言《い》うと、頭《あたま》を上《あ》げた市池先輩《いちいけせんぱい》は、じっとうちらを見《み》つめたあと、ぼそりとつぶやいた。

「……今日《きょう》の勝負《しょうぶ》。おまえらが勝《か》ってくれてよかった」

「だな。あかねと沢渡《さわたり》を追《お》いだしても、今日《きょう》みたいなサッカーは……きっとできなかった」

「まだ、やっぱ、すぐにはなじめないかもしれないけど。頭《あたま》っから敵視《てきし》するのはやめるよ」

「思《おも》ったことは言《い》ってください、うちも言《い》うようにするんで! **『先輩《せんぱい》、マンガの悪役《あくやく》みたいですよ』**とか!」

「!?」「おいおい、言《い》うじゃんか!」

三久保先輩《みくぼせんぱい》が、ぷっと吹《ふ》きだしたあと、かるく、うちをこづく。

「ヘンなやつ――いや。おもしろいやつだよな、あかねは」

「へへっ、よく言《い》われます！」

市池先輩《いちいけせんぱい》が、おもむろに立《た》ちあがる。

「よし、腹減《はらへ》ったから帰《かえ》るわ。またな」

「俺《おれ》も。じゃあな！」

「はい、また来週、サッカークラブで！」

うちらは手《て》をふって、市池先輩《いちいけせんぱい》と三久保先輩《みくぼせんぱい》を見送《みおく》る。

残《のこ》りのメンバーも、自然《しぜん》と解散《かいさん》になった。

うちは、オレンジ色《いろ》の夕焼《ゆうや》けの下《した》を、沢渡《さわたり》さんとならんで歩《ある》く。

体《からだ》には、どっと疲《つか》れが押《お》しよせてきてるけれど、足《あし》どりはかるい。

「あ～～～～～～楽《たの》しかったあ！」

「ね！　2試合目《しあいめ》は力《ちから》を出《だ》しきれたなー！」

「いい試合《しあい》だったよねえ！」

さっきの試合《しあい》の感想《かんそう》で盛《も》りあがったあと、沢渡《さわたり》さんが、うーんと伸《の》びをしてから言《い》った。

「――ありがとね、あかねちゃん」

「へっ？」

とつぜんお礼《れい》を言《い》われて、うちは、きょとんと目《め》を丸《まる》くする。

沢渡《さわたり》さんが、まじめな顔《かお》でうちを見《み》て、言《い》った。

「去年《きょねん》、『サッカークラブは男子《だんし》の部活《ぶかつ》』っていう理不尽《りふじん》なルールを変《か》えてくれたのもだし。市《いち》池先輩《いけせんぱい》たちのことも。――あたし1人《ひとり》だったら、戦《たたか》うのをやめちゃってたかも。あかねちゃんのおかげで、あきらめないでチャレンジしてみようって思《おも》えたから！」

沢渡《さわたり》さんは、歯《は》を見《み》せて笑《わら》った。

――そっか。

沢渡《さわたり》さんは、市池先輩《いちいけせんぱい》たちにしっかり言《い》いかえしたり、食《く》いさがったり。

すごく度胸《どきょう》のある子《こ》だなって、うちは心強《こころづよ》く思《おも》ってた。

この数週間《すうしゅうかん》、うちが、沢渡《さわたり》さんの存在《そんざい》に支《ささ》えられていたように。

うちも、沢渡《さわたり》さんを支《ささ》えられていたのかな。

「こちらこそ！　がんばれたのは、沢渡《さわたり》さんがいたからだよ。これからも、クラスでもクラブでもよろしくね！」

「うんっ。……あっ、あかねちゃん、**あたしが入《はい》ってるクラブチームにも、入《はい》らない？**」

「へ？　学校《がっこう》の外《そと》でもサッカーするってこと？」

「そう。サッカーの技術《ぎじゅつ》とか、しっかり教《おし》えてもらって、もっとうまくなれるよ」

おおっ、そうなんだ。……でも。

「さそってくれてありがと。でも、うちはクラブチームは、入《はい》らなくてもいいかな。うち学校《がっこう》で、みんなとするサッカーが好《す》きなんだ。うちにとってそれが『やりたかったサッカー』なんだ！」

このあいだ、ゆうまと会《あ》って話《はな》したときに、自分《じぶん》がどんなサッカーをしたかったのか、考《かん》えがまとまったんだ。

だから、キッパリと答《こた》えることができた。

「……そっか。それならよかった」

沢渡《さわたり》さんは、なぜか、ほっと息《いき》をつく。

「よかったって……どうして？」

「あたし……あかねちゃんはたぶん、サッカーをしてて、あたしと同《おな》じ気持《きも》ちを味《あじ》わったことがある子《こ》なんだろうなって思《おも》ってたの。だから、もしかしたらあたしみたいに、ホントはもっと、サッカーの技術《ぎじゅつ》をみがきたいのかもしれないって考《かんが》えてたんだ」

沢渡《さわたり》さん……うちのこと、気《き》にしてくれてたんだ。

「うちも！　沢渡《さわたり》さんには、ずっと親近感《しんきんかん》があるよ。でも、おもしろいね。うちら2人《ふたり》ともサッカー大好《だいす》きだけど、サッカーに対《たい》するスタンスは、ちがうんだ」

「だね。あたしはあかねちゃんとはちがって、全力《ぜんりょく》で自分《じぶん》のサッカーを鍛《きた》えたい！」

「うん、すごくいいね！」

うちが心《こころ》からうなずくと、沢渡《さわたり》さんはほほえむ。

なんだか、うちもうれしい！

「……あ、そういえば！」

うちは、ふと思《おも》い出《だ》したのと同時《どうじ》に、ぱんと手《て》を鳴《な》らす。

「試合中《しあいちゅう》、沢渡《さわたり》さんのこと、『さわ』って呼《よ》んじゃったけど。どうだった？」

「だよね！　一瞬《いっしゅん》ビックリしたけど、気《き》に入《い》ったよ！」

「これからそう呼《よ》んでいい？」

「もちろん、うれしい！」

沢渡《さわたり》さんは、ニカッとはじけるような笑顔《えがお》になった。

沢渡《さわたり》さん――あらため、さわとは、これからもっともっと、なかよくなれそうだ！

12 一歩《いっぽ》ずつ、の勇気《ゆうき》

ぼくが図工室《ずこうしつ》のとびらを開《あ》けると、音《おと》に反応《はんのう》した虎道《とらみち》くんが、ぱっとこっちをむく。

「かえで先輩《せんぱい》、凛先輩《りんせんぱい》、ち——っす！」

「…………」

今日《きょう》は、虎道《とらみち》くんとめぐちゃんのほうが、先《さき》に図工室《ずこうしつ》にきていた。

6年生《ねんせい》の先輩《せんぱい》は、今日《きょう》はおくれているみたい。

虎道《とらみち》くんは、あいかわらず元気《げんき》いっぱいで。

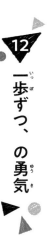

めぐちゃんはあいかわらず、お人形《にんぎょう》みたい。

ぼくと凛《りん》ちゃんは、あいさつを返《かえ》しながら図工室《ずこうしつ》に入《はい》ると、2人《ふたり》のすわっている正面《しょうめん》のイスに、それぞれ腰《こし》をおろす。

これまでだと、虎道《とらみち》くんとおしゃべりが始《はじ》まって。

そのあいだ、めぐちゃんがぽつーんとしちゃう感《かん》じだったけど。

今日《きょう》、ぼくたちは、新《あたら》しいことにチャレンジする。

ぼくは、いらないプリントをとりだして、真《ま》っ白《しろ》な裏側《うらがわ》を、ぼくたちの間《あいだ》のつくえの上《うえ》においた。

そして、凜《りん》ちゃんと顔《かお》を見《み》あわせると――。

「――ねえ、虎道《とらみち》くん、めぐちゃん。いっしょに『絵《え》しりとり』やってみない？」

思《おも》いきって、声《こえ》をかけてみる。

「うちの学年《がくねん》でね、ときどき遊《あそ》ぶんだ。おえかきで、しりとりするの。楽《たの》しいんだよっ」

「時間制限《じかんせいげん》とかはナシで、ゆるーくやる感《かん》じ。どうかな？」

凜《りん》ちゃんとぼくが、かわるがわる説明《せつめい》すると。

「おー、いいっすねー！」

と、さっそくのってくる虎道《とらみち》くん。

でもめぐちゃんは、いつもどおり、うつむいたまま動《うご》かなくて。

やっぱり、だめかな……って、あきらめが心《こころ》に広《ひろ》がりかけた、そのとき。

あっ！

コクリ、とめぐちゃんが、うなずいた!?

「「！」」

「それじゃあ、俺《おれ》から始《はじ》めていいっすか!?　えーっと、しりとりの『り』で――」

さっそく鉛筆《えんぴつ》を取《と》りだした虎道《とらみち》くんは、少《すこ》し考《かんが》えたあと、ざざっと大胆《だいたん》に鉛筆《えんぴつ》を動《うご》かす。

太《ふと》くて濃《こ》い鉛筆《えんぴつ》の線《せん》で、あっという間《ま》に、くりくりの目《め》と、ふさふさなしっぽをもつ生《い》きものを描《か》いた。

うーん、「り」から始《はじ》まるってことは、たぶんあの動物《どうぶつ》かな？

「おーっ、定番《ていばん》のリンゴかと思《おも》ったのに、リス、だね!?　じゃあ時計回《とけいまわ》りで、次《つぎ》はわたしね！

えーっと、どうしようかなあ」

凜《りん》ちゃんは、ちょっと考《かんが》えてから、次《つぎ》の絵《え》を描《か》く。

丸《まる》の中《なか》に、黒《くろ》い波模様《なみもよう》のしましま。

てっぺんに、くるっとばねみたいなやつをつける。

うん、これはまちがいない！

「スイカ、だね！　じゃあ、次《つぎ》はぼくっ」

ぼくは、プリントを手元《てもと》によせてから、鉛筆《えんぴつ》のおしりをほっぺにあてて、ちょっと考《かんが》える。

うーん。「か」から始《はじ》まるもの？　………あっ、そうだっ。

ぼくは、まず雲《くも》みたいに、ふわふわした波《なみ》を描《か》く。

その両《りょう》はしから、ななめ下《した》に線《せん》をひいて、２本《ほん》の線《せん》をつなげる。

最後《さいご》に、くっついてる部分《ぶぶん》を描《か》いて――これは貝がら……ほたて貝《がい》、なんだけど伝《つた》わるかなあ？

「はい、めぐちゃん」

ぼくは、めぐちゃんの前《まえ》に、そっとプリントを差《さ》しだす。

どうかな？　めぐちゃん、「絵《え》しりとりに参加《さんか》する」ってうなずいてくれたけど。

なにか、描《か》いてくれるかな……。

ドキドキするけど、じっと見《み》られたら描《か》きにくいよね。

って思《おも》っていたら、虎道《とらみち》くんがしゃべりはじめた。

「貝《かい》っていったら、俺《おれ》が思《おも》いつくのはアサリなんすけど」

「ぼくも、ちょっと考《かんが》えたけど、アサリって、絵《え》にしたら、なんだかわからなくない？」

「たしかに！　石《いし》ころ？　みたいになっちゃいそう」

「そこでほたて貝描《がいか》くの、すごいっす」

なんて、ぼくたちが話《はなし》をしている間《あいだ》に。

あっ。めぐちゃんが、何度《なんど》か消《け》しゴムを使《つか》いながら、小《ちい》さく手《て》を動《うご》かしてる……！

そして——すっと、ぼくらのまんなかに、プリントをおいた。

見《み》ると、

「わあっ、かわいい……っ！」

小《ちい》さいけれど、しっかりした筆圧《ひつあつ》で描《か》いてあって、すぐになんの絵《え》かわかった。

デフォルメされた、ゆる～いタッチが、かわいい。

「ラッコ、だね！」

めぐちゃんは「貝《かい》がら→ラッコ」で考《かんが》えてくれたのかな。

しかも、これって——！

「この子《こ》がかかえてる貝《かい》、かえでちゃんがさっき描《か》いたのと同《おな》じ形《かたち》だよねっ」

凜《りん》ちゃんの言葉《ことば》に、めぐちゃんが、また少《すこ》しだけ、**こくん**とうなずいた。

わあ、やっぱり！

ぼくが描《か》いた絵《え》をとり入《い》れてくれたんだ……！

そして、なにより。

ぼく……めぐちゃんと、絵《え》を通《つう》じて、やりとりできた……！

そのとたん、ぶわっと目《め》の中《なか》に涙《なみだ》がわいてきそうになって、ぼくはこらえた。

……よかった。

きらわれてるって勝手《かって》に思《おも》いこんで、距離《きょり》をおいたりしなくて――！

「はいっ、次《つぎ》は俺《おれ》の絵《え》！　わかりますかっ⁉」

ニコニコ顔《がお》で、差《さ》しだしてくる虎道《とらみち》くん。

ありがとう、一歩《いっぽ》踏《ふ》みだせたのは、虎道《とらみち》くんのおかげだ――！


「ふたご会議《かいぎ》」で、あかねに「もう1人《ひとり》の4年生《ねんせい》部員《ぶいん》に話《はなし》をきいてみたら」ってアドバイスをもらったぼくは。

その次《つぎ》の日《ひ》、凜《りん》ちゃんと相談《そうだん》して、虎道《とらみち》くんと話《はな》してみることにしたんだ。

教室《きょうしつ》から、中休《なかやす》みの始《はじ》まる号令《ごうれい》がきこえると、ボールを持《も》った子《こ》を先頭《せんとう》に、次々《つぎつぎ》ととびだしてくる。

その中《なか》には、ねらい通《どお》り、虎道《とらみち》くんの姿《すがた》もあった。

「虎道《とらみち》くんっ、ちょっとだけいいかな？」

ぼくが声《こえ》をかけると、虎道《とらみち》くんはすぐに「もちろんっす」って、ぼくらについてきてくれた。

ぼくらはいっしょに階段《かいだん》をあがって、上《うえ》の階《かい》の空《あ》き教室《きょうしつ》に入《はい》ったんだ。

この方法《ほうほう》が、一番目立《いちばんめだ》たずに話《はな》せると思《おも》ったからなんだけど……すると、虎道《とらみち》くんが先《さき》まわりするように口《くち》を開《ひら》いた。

「小町屋《こまちや》のことっすよね！」

「う、うん……そうなんだ」

「いやー俺《おれ》も！　どうしよーって思《おも》ってたんす。小町屋《こまちや》、クラブでぜんっぜんしゃべらないし、でも、先輩《せんぱい》たち様子見《ようすみ》てる感《かん》じだし、俺《おれ》から先《さき》まわりして説明《せつめい》するのもなんか変《へん》だよなーって、迷《まよ》ってて……」

なんて、虎道《とらみち》くんは、頭《あたま》をぽりぽりかいてる。

ぼくは、思《おも》いきって、どうしてもたしかめたかったことを口《くち》にしてみる。

「あのね、虎道《とらみち》くん。教《おし》えてほしいんだ。――もしかしてめぐちゃんって、ぼくのことがイヤで、おえかきクラブでお話《はなし》ができないのかな？」

「んえっ!?」

と、目《め》を丸《まる》くする虎道《とらみち》くん。

「んなわけないっすよ!? えっ、かえで先輩《せんぱい》、そんなこと思《おも》ってたんすかっ!?」

まったく思《おも》いがけないことを言《い》われたっていう顔《かお》……?

わ……わわわわ、これってやっぱりあかねが言《い》ってたみたいに……

「う、うん……でも、ぼくの自意識過剰《じいしきかじょう》かも? はずかしいな」

「ややや、そうじゃなくて! ……そっかあ、そんなふうに思《おも》わせちゃうこともあるっすよね。だったらなおさら俺《おれ》が、伝《つた》えなきゃな」

虎道《とらみち》くんが、まじめな顔《かお》になって、ぼくと凜《りん》ちゃんにむきなおった。

「俺《おれ》じつは、小町屋《こまちや》と――あいつの幼なじみからも、たのまれてたんす。**もし、おえかきクラブの先輩《せんぱい》にきかれることがあったら、小町屋《こまちや》のこれまでのこと、話《はな》してあげてくれって**」

えっ……!

ぼくは、内心《ないしん》おどろきつつも、こくりとうなずいた。

「――小町屋《こまちや》は、1年《ねん》に入学《にゅうがく》したとき、あんな感《かん》じだったんす。入学《にゅうがく》したときって、みんなが緊《きん》張《ちょう》してるけど、でもだんだん慣《な》れて『フツウ』になってくじゃないですか。でもあいつだけは、ず――っと、あんな感《かん》じで、変《か》わらなくて。どんどん、クラスで浮《う》いていったんす。そのまま、2年生《ねんせい》くらいまで。一度《いちど》も、あいつの声《こえ》をきいたことなかったっす」

ぼくは、想像《そうぞう》してみる。

今《いま》よりもっと小《ちい》さなめぐちゃんが、ひとりぼっちで、教室《きょうしつ》のイスにすわっているところを。

「でも小町屋《こまちや》は、幼《おさな》なじみとだけは、学校《がっこう》の外《そと》で、下校《げこう》のときとかなら、しゃべれるんすよね」

あ……！

それが、めぐちゃんといっしょに帰《かえ》るところを見《み》かけた、あの子《こ》かな。

「でも、クラスではそんなだから。『小町屋《こまちや》はワガママだ』って言《い》うやつもいたし。授業中《じゅぎょうちゅう》に先生《せんせい》にあてられても、だまったままで止《と》まっちゃうし――俺《おれ》もそのころは、正直《しょうじき》、イライラするやつだなーなんて思《おも》ってたんす」

そこで虎道《とらみち》くんは、くいっとあごを上《あ》げて、天井《てんじょう》をむく。

なにかを思《おも》いだしてるみたいに。

「でも……俺《おれ》、3年《ねん》になってすぐのころ、ぐうぜん小町屋《こまちや》の自由帳《じゆうちょう》を拾《ひろ》ったんす。わるいと思《おも》いつつも開《ひら》いてみたら、描《か》いてあった絵《え》が、すげーうまくて。それだけじゃなくて。小町屋《こまちや》、ノートいっぱいに、クラスの中《なか》であったこととか、話題《わだい》になったことなんかを、書《か》きとめてたんです。クラスメイト1人1人《ひとりひとり》のこと――好《す》きなキャラクターとか、得意《とくい》なこととか。新《あたら》しくつけてた髪《かみ》留《ど》めのかたちなんかも。……………俺《おれ》、本当《ほんとう》に、ビックリしちゃって」

虎道《とらみち》くんは、いつの間《ま》にか閉《と》じていたまぶたを、ふっと開《ひら》く。

「あいつ、休《やす》み時間《じかん》もいっつもうつむいて、つまんなそうにしてるなあって思《おも》ってたんす。でも、ちがったんです。小町屋《こまちや》って本当《ほんとう》は——みんなと話《はな》したいことが、いっぱいあるんじゃないのかって。小町屋《こまちや》は、俺《おれ》らとしゃべらないんじゃなくて、しゃべれないんじゃないかって。そのとき俺《おれ》、初《はじ》めて気《き》がついたんす」

「……!」

思《おも》いがけない言葉《ことば》に、ぼくは立《た》ちつくす。

しゃべらないんじゃなくて、しゃべれない……!

そんなこと、ぼく、いままで、考《かんが》えたこともなかった。

でも、ほんの少《すこ》しなら、イメージできる気《き》がする。

知《し》らない人《ひと》ばかりの場所《ばしょ》にいったときや、みんなの注目《ちゅうもく》を集《あつ》めてしまうとき、ぎゅっと、のどがしめつけられるような感《かん》じ。

あれが、ず——っとつづいて、時間《じかん》が経《た》っても治《なお》らないような。

ずっと、あせりつづけてしまうような……そんな感《かん》じ?

ううん。ちがうかもしれない。

つらいことって、その人《ひと》にしかわからないものだものね。

でも、想像《そうぞう》してみることはできる――。

「……思《おも》いかえしてみると、小町屋《こまちや》の幼《おさな》なじみだって、一生《いっしょう》けん命《めい》、クラスメイトにそんなふうに説明《せつめい》してフォローしてたんすよ。でも、俺《おれ》、わかってなかったなって。すげー反省《はんせい》して。

それからは、俺《おれ》から小町屋《こまちや》にあいさつしてみたり、さりげなく話《はなし》をふるようにしてみたんす。

そのうち………ほんと、ほんの少《すこ》ーしずつですけど、小町屋《こまちや》が、うなずいたり、紙《かみ》に書《か》いて伝《つた》えてきたりしてくれて。今《いま》じゃ、俺《おれ》にも、ほかに、だれもいないとこでなら、ひとことふたことはしゃべったりするようになってるんす」

そうか……。

何年《なんねん》もかけて、めぐちゃんはクラスの中《なか》でがんばってきたんだね……。

「で、今年《ことし》から4年《ねん》になって。4年生《ねんせい》って、全員《ぜんいん》どこかのクラブに入《はい》らなきゃじゃないですか。俺《おれ》、おえかきクラブならきっと大丈夫《だいじょうぶ》って思《おも》ってたんす。初《はじ》めての活動《かつどう》の日《ひ》、すごく小《ちい》さい声《こえ》だったけど、小町屋《こまちや》は、声《こえ》を出《だ》して自分《じぶん》の名前《なまえ》を言《い》ったじゃないっすか。あれって、あいつにとっては、すごく大《おお》きなことなんっすよ！」

そうだったんだ……！

ぼくは「ぜんぜんしゃべってくれない」なんて思《おも》っていたけど。

めぐちゃん、すごくがんばっていたんだね。

「もちろん、先輩《せんぱい》たちには心配《しんぱい》かけてると思《おも》うんすけど……小町屋《こまちや》がしゃべらなくても、先輩《せんぱい》たちは、責《せ》めたりきらったりしないですよね？」

「もちろんだよ……っ」

と、ぼくと凜《りん》ちゃんはそろって大《おお》きくうなずく。

虎道《とらみち》くんが、ニコっとした。

「クラスでは、もうみんなに『話《はな》さないやつ』って思《おも》われちゃってるから、小町屋《こまちや》はなかなか話《はな》しだせないのかもしれないっす。でも、おえかきクラブでは、がんばりたいって、思《おも》っているんじゃないかな。……だから先輩《せんぱい》たち。小町屋《こまちや》がしゃべるかしゃべらないかに、あまり注目《ちゅうもく》せずにいてほしいんです……」

けん命《めい》に言《い》う、虎道《とらみち》くんに、ぼくと凜《りん》ちゃんは、心《こころ》からうなずく。

あせらなくっていいんだ。

ぼくたちおえかきクラブの上級生《じょうきゅうせい》たちも、めぐちゃん自身《じしん》も。

少《すこ》しずつ、ほんのちょっぴりずつでも、近《ちか》づいていけばいいんだって、思《おも》えたから……。

「虎道《とらみち》くん、ありがとう。教《おし》えてくれて」

虎道《とらみち》くんに言《い》うと、たのもしい笑《え》みをうかべた。

●▶●▲

「やっほー、おそくなっちゃった――わあっ、絵《え》しりとりしてるの？」

「いいねー私《わたし》たちもまざっていい？」

おくれてやってきた、ゆかり先輩《せんぱい》と絵奈先輩《えなせんぱい》が、つくえの上《うえ》をのぞきこんで言《い》う。

「もちろんです！」

先輩《せんぱい》たちがイスを引《ひ》っぱってきて、お誕生日席《たんじょうびせき》にすわる。

「次《つぎ》、ゆかり先輩《せんぱい》、どうぞっ」

「どれどれ……この特徴的《とくちょうてき》なハサミ、カニにちがいないね！」

ぼくが紙《かみ》を手《て》わたすと、ゆかり先輩《せんぱい》はメガネをくいっと上《あ》げて、ニヤリ。

ますますにぎやかになって、楽《たの》しいなっ。

メンバーが６人《にん》に増《ふ》えても、めぐちゃんは、変《か》わらず絵《え》しりとりをつづけられている。

2周目《しゅうめ》、3周目《しゅうめ》と、めぐちゃんがいきいきと描《か》くのを見《み》て、みんな、自然《しぜん》とニコニコしてる。

4周目《しゅうめ》の途中《とちゅう》までできたとき、**ガラッ**ととびらが開《ひら》く音《おと》がした。

「おー全員《ぜんいん》そろってるな」

「せんせーおそいよー！」

ゆかり先輩《せんぱい》が、冗談《じょうだん》っぽくそう言《い》うと、先生《せんせい》は大《おお》げさに頭《あたま》をかく。

「いやあわるいわるい。お、みんなでもうなにか描《か》いてたのかい？」

先生《せんせい》が気《き》がるな感《かん》じで、ぼくらに近《ちか》づいてくる。

先生《せんせい》の目《め》が、ぼくらの輪《わ》の中《なか》にいるめぐちゃんに、一瞬《いっしゅん》止《と》まった。

そのとたん、めぐちゃんの様子《ようす》が、こわばった気《き》がした。

ぼくは、先生《せんせい》にむかって言《い》う。

「はい、絵《え》しりとりをしてたんです。……あの先生《せんせい》。今日《きょう》もこのまま、テーマを決《き》めずに、みんなで自由《じゆう》におえかきしちゃダメですか？」

めぐちゃんが自然《しぜん》にまざってる、今《いま》のふんいきを、もう少《すこ》しつづけたくて……。

ぼくの気持《きも》ち、先生《せんせい》に伝《つた》わるかな――？

すると先生《せんせい》は、ただほほえんで、うなずいてくれた。

「もちろん、いいよ。そうしたら、紙《かみ》を配《くば》ろうね」

よかった――。

ぼくと凜《りん》ちゃんは、そっと目《め》を見《み》あわせて、うなずきあう。

先生《せんせい》は、ぼくらに紙《かみ》をくれたあと、図工室《ずこうしつ》のすみで、自分《じぶん》の作業《さぎょう》にとりかかった。

先生《せんせい》が入《はい》ってきたときの、ちょっとした緊張感《きんちょうかん》がゆるむ。

ぼくらは、途中《とちゅう》になっていた絵《え》しりとりを、切《き》りのよいところまでつづけてから。

思《おも》い思《おも》いにちらばって、絵《え》を描《か》くことにした。

高速《こうそく》トークのゆかり先輩《せんぱい》は、絵奈先輩《えなせんぱい》と虎道《とらみち》くんと、ギガノアの絵《え》を描《か》こう！　って別《べつ》のつくえに移動《いどう》して。

ぼくのいるつくえには、凜《りん》ちゃんと、そのままめぐちゃんが残《のこ》った。

ぼくらは、それぞれの紙《かみ》にむかう。

ぼくがまず描《か》いたのは、ゆるーいタッチのラッコ！

さっき、めぐちゃんが描《か》いたラッコがかわいくて、ぼくも描《か》いてみたくなったんだ。

同《おな》じ動物《どうぶつ》がモチーフでも、絵《え》の大《おお》きさとか顔《かお》の描《か》き方《かた》とか、ぜんぜんちがっておもしろいなあ。

さあ、次《つぎ》はなにを描《か》こう？　――あ、そうだ。

心《こころ》の中《なか》に、ふっとうかんだイメージを目指《めざ》して、鉛筆《えんぴつ》を走《はし》らせていると……。

「ねえ、かえでちゃん、ちょっと見《み》てー」

凜《りん》ちゃんが、自分《じぶん》の画用紙《がようし》を、ぼくの前《まえ》に差《さ》しだす。

顔《かお》を上《あ》げたぼくが見《み》ると、紙《かみ》には、肩《かた》につくくらいの長《なが》さの髪《かみ》をあみこみにした子《こ》が描《か》かれてる。

ん？

このあみこみヘアと、このお洋服《ようふく》って、もしかして――。

「かえでちゃんを描《か》いてみましたっ」

くすぐったそうに言《い》う、凜《りん》ちゃん。

わあ、やっぱり！

「え――っ、うれしい！」

凜《りん》ちゃんが描《か》いたぼくは、サラサラのあみこみヘアや、キラキラの目《め》が印象的《いんしょうてき》。

その少女《しょうじょ》マンガふうの絵《え》は、まるで――。

「……なんだか、ぼく、『ハナコイ』の中《なか》にいるみたい……！」

「わ、伝《つた》わった？　だって、かえでちゃんっていつも、少女《しょうじょ》マンガに出《で》てくるキャラクターみたいに、かわいいから！」

ええ――っ。

凛《りん》ちゃんの言葉《ことば》に、ぼくのほっぺたが熱《あつ》くなる。

「ありがとう、凛《りん》ちゃんっ」

照《て》れながら、ぼくがお礼《れい》を言《い》ったとき。

めぐちゃんが、そっとこっちを見《み》ていることに気《き》づいた。

めぐちゃんも、ハナコイ好《す》きだったもんね。

ちょっと照《て》れくさいけど、ぼくは凛《りん》ちゃんの描《か》いてくれた絵《え》をめぐちゃんのほうにすべらせてみる。

「あのね。凛《りん》ちゃんが、描《か》いてくれたんだ。上手《じょうず》だよね」

「……」

絵《え》に目《め》を落《お》としためぐちゃんは、なにも口《くち》を開《ひら》かなかった。

けれど、その目《め》が、キラキラッとかがやいているように見《み》える。

めぐちゃんも、ハナコイっぽいなって、思《おも》ってくれたのかも？

よかった。

先生《せんせい》が入《はい》ってきたとき、こわばりかけた、めぐちゃんの空気《くうき》が、元《もと》にもどってる。

今《いま》なら……。

と、ぼくは、描《か》いていた自分《じぶん》の紙《かみ》も、めぐちゃんの前《まえ》に差《さ》しだす。

「……じつは、ぼくも描《か》いてたんだけど……」

ぼくの絵《え》を見《み》ためぐちゃんの目《め》が、少《すこ》し丸《まる》くなった。

となりから絵《え》をのぞきこんだ凜《りん》ちゃんが、声《こえ》をあげる。

「わあ、かわいい。これ、めぐちゃんじゃない？」

「うん。なにを描《か》こうかなって思《おも》ったときに、ふっと頭《あたま》にうかんで。描《か》いてみたくなったんだ」

それは、下校中《げこうちゅう》に、たまたま見《み》かけたときの、めぐちゃん。

幼《おさな》なじみのお友《とも》だちに見《み》せていた、やわらかで自然《しぜん》な笑顔《えがお》の。

――まだ、直接《ちょくせつ》、こういう表情《ひょうじょう》を見《み》たことはないけれど。

いつか、おえかきクラブでも、見《み》せてもらえたらいいなって。

めぐちゃんが安心《あんしん》して、こんな笑顔《えがお》でいられる場所《ばしょ》になったらいいなって思《おも》ったから。

…………あっ、でも、勝手《かって》に似顔絵《にがおえ》を描《か》かれるなんて、イヤだった？

ドキドキしながら、絵《え》に目《め》を落《お》とすめぐちゃんを見《み》ていると。

「――――ありがとう」

「「！」」

それは、小《ちい》さな声《こえ》だったけど。

今《いま》、めぐちゃんが、ぽつりと言《い》ったんだ。

「あのっ、めぐちゃん。もしよかったら……これ、受《う》けとってくれる？」

ぼくは、めぐちゃんの似顔絵《にがおえ》を描《か》いた部分《ぶぶん》を切《き》りとって、めぐちゃんの前《まえ》に差《さ》しだす。

めぐちゃんは、少《すこ》しおどろいたようにまた目《め》を丸《まる》くすると。

うなずいて、そっと両手《りょうて》を伸《の》ばして、ぼくから絵《え》を受《う》けとった。

両手《りょうて》で持《も》った絵《え》を、もう一度《いちど》、じっとながめる、めぐちゃん。

その口《くち》もとが、ほんの少《すこ》し、笑《え》みのかたちに変《か》わったんだ。

ぼくの絵《え》の中《なか》のめぐちゃんと同《おな》じように……！

やがてめぐちゃんは、ぼくの描《か》いた似顔絵《にがおえ》を、大事《だいじ》に大事《だいじ》に、ファイルにしまいこむ。

その姿《すがた》は、なんだか、ちょっと前《まえ》までのぼく自身《じしん》を見《み》ているようで、だきしめたくなった。


クラブ活動《かつどう》の時間《じかん》が終《お》わって、今日《きょう》も解散《かいさん》。

先《さき》に席《せき》を立《た》った虎道《とらみち》くんとめぐちゃんが、図工室《ずこうしつ》のドアのところでふりむいた。

「先輩《せんぱい》たちっ、また来週《らいしゅう》！」

片手《かたて》をまっすぐに挙《あ》げる虎道《とらみち》くんの声《こえ》は、なんだかいつもよりも、さらに元気《げんき》だ。

ぼくたちもこたえる。

「虎道《とらみち》くん、またね！」

「めぐちゃんも、またね！」

虎道《とらみち》くんと、そのうしろにいるめぐちゃんにむかって、ぼくが思《おも》わず手《て》をふると。
……あっ。
めぐちゃんが、片手《かたて》をちょっとだけもちあげて、ふりかえしてくれた！
ぼくにとって、緑田小《みどりだしょう》の中《なか》の「安全基地《あんぜんきち》」の、おえかきクラブが。
めぐちゃんにとっても、そうなっていけたらいい。
そうしていきたいな。いけるんじゃないかな――って。
ぼくは、心《こころ》の中《なか》に点《とも》った希望《きぼう》の光《ひかり》を、大切《たいせつ》に守《まも》っていこうって思《おも》っていたんだ……。

13 ワクワクの未来《みらい》！

「ごはん、おかわりとってきまーすっ！」

「まあ、あーちゃんは今日《きょう》もいっぱい食《た》べるのねえ」

炊飯器《すいはんき》から、ほかほかごはんをよそうちを見《み》て、おばあちゃんがほほえむ。

「おばあちゃんのごはん、おいしいんだもん！」

「うれしいわねえ。かえちゃんも、今日《きょう》はけっこう食《た》べてるんじゃない？」

「うんっ。おばあちゃん、このサラダ、ぼく大好《だいす》き」

「すりおろしたたまねぎのドレッシングなのよ、ハムにも野菜《やさい》にもあうわよね」

「サッパリしてて、すごくおいしいよっ」

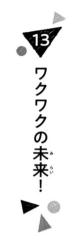

おばあちゃんは、それぞれのペースでごはんをほおばるうちとかえでを、うれしそうにながめてる。

今《いま》じゃ、すっかりあたりまえになった光景《こうけい》だけど。

おばあちゃんの前《まえ》でうちらが「とりかえ」をしていたとき、苦《くる》しかったのが、食事《しょくじ》の時間《じかん》だった。

うちらのことをかわいがってくれるおばあちゃんの前《まえ》で、「ありのまま」でいられないこと、

今日《きょう》あったことをそのまま伝《つた》えられないことが、一番《いちばん》つらかった。

だから「とりかえ」をやめてからずっと、この食事《しょくじ》の時間《じかん》が、いつも、「幸《しあわ》せだな〜」って感《かん》じられる瞬間《しゅんかん》なんだ。

ごはんといっしょに、このかけがえのない時間《じかん》をかみしめていると。

「──ねえ、あーちゃん、かえちゃん。**そろそろ、２人《ふたり》のお誕生日《たんじょうび》よね**」

と食後《しょくご》の日本茶《にほんちゃ》を手《て》に、おばあちゃんが言《い》った。

「「！」」

うちらはハッとして、食卓《しょくたく》においてあるカレンダーを見《み》る。

そうだ、５月《がつ》２日《か》が、もうすぐ！

約《やく》1年前《ねんまえ》――あの「悪夢《あくむ》のバースデーパーティー」から、うちらの「今《いま》」は始《はじ》まった。

去年《きょねん》のあの日《ひ》、お父《とう》さんとお母《かあ》さんがうちらに「ちゃんとすること」を押《お》しつけてきて……。

うちらは、大《おお》きくなること――未来《みらい》に心底《しんそこ》、絶望《ぜつぼう》してた。

でも、今年《ことし》は、ちがう。

「誕生日《たんじょうび》パーティー、やってもいい⁉」

「もちろんよ」

とおばあちゃんが、ほほえんでくれて、うちとかえではかがやいた目《め》を見《み》あわせる。

やった、今年《ことし》のパーティーは、絶対《ぜったい》に去年《きょねん》とはちがうものにしよう！

だれにきてもらおう？　みんなとなにをして遊《あそ》ぼう？

どんな飾《かざ》りつけをしよう？　なにを着《き》よう？

「「楽《たの》しみだねっ！」」

うちとかえでは、笑顔《えがお》でうなずきあった。

今年《ことし》は、うちらの手《て》で、さいっこうのバースデーパーティーをしよう――！

――『ふたごチャレンジ！⑩』へつづく

あとがき

こんにちは、七都《ななと》にいです！　ふたチャレ9巻《かん》、いかがでしたか？

あかねとかえでが緑田小《みどりだしょう》に転校《てんこう》してきてから半年《はんとし》。

みんなといっしょに、新学年《しんがくねん》になりました。

たくさんの新《あたら》しい一歩《いっぽ》であふれたお話《はなし》だったかと思《おも》います。

そして新《あたら》しく登場《とうじょう》しためぐちゃんや優季《ゆうき》くん、そして御園校長先生《みそのこうちょうせんせい》などが、この先《さき》どんなふうにあかねやかえでたちと関《かか》わっていくのか。

ぜひこの先《さき》も、見守《みまも》ってくださいね！


そして、みなさんにビッグなお知《し》らせです！

7巻《かん》からお伝《つた》えしていた、マンガ版《ばん》『**ふたごチャレンジ！①**』が、いよいよ発売《はつばい》になりました！

この9巻《かん》が出《で》るころには、書店《しょてん》さんに並《なら》んでいるはずです。マンガの売《う》り場《ば》が遠《とお》かったり、本《ほん》を見《み》つけられないときは、ちょっと勇気《ゆうき》を出《だ》して、書店員《しょてんいん》さんに声《こえ》をかけてみてくださいね。

いつもステキなさし絵《え》を描《か》いてくださる、しめ子《こ》先生《せんせい》のマンガなので、1つ1つのシーンで、あかねやかえでの気持《きも》ちが胸《むね》に迫《せま》ってきます。

マンガでも、ぜひ2人《ふたり》のチャレンジを応援《おうえん》してもらえたらうれしいです。

さらに、コミックスには、私《わたし》、七都《ななと》が書《か》き下《お》ろした、マンガ版《ばん》だけのスペシャル☆ストーリー「ふたごのナイショのおまつり」も入《はい》っています。

ふたごが保育園《ほいくえん》に通《かよ》っていたころのお話《はなし》なので、読《よ》んでもらえたらうれしいです。

今回《こんかい》の9巻《かん》では、**「かんもくネット」**(https://www.kanmoku.org/) さんに監修《かんしゅう》していただきました。お忙《いそが》しいところ、ご協力《きょうりょく》いただき本当《ほんとう》に感謝《かんしゃ》しています。

めぐちゃんのことを、もう少《すこ》し知《し》りたいなって思《おも》った読者《どくしゃ》のあなたに、七都《ななと》から、『**なっちゃんの声《こえ》　学校《がっこう》で話《はな》せない子《こ》どもたちの理解《りかい》のために**』(ぶんとえ・はやしみこ　医学《いがく》解説《かいせつ》・金原洋治《かねはらようじ》　監修《かんしゅう》・かんもくネット)

という絵本《えほん》をおすすめします。よかったら、読《よ》んでみてくださいね。

さて、七都《ななと》はただいま、心理学《しんりがく》を学《まな》ぶために大学院《だいがくいん》に通《かよ》っています。執筆《しっぴつ》と学業《がくぎょう》の両立《りょうりつ》は大変《たいへん》なのですが、みなさんからのファンレターや、いろんなかたちでの応援《おうえん》からパワーをもらって、こうして物語《ものがたり》をつむぐことができています。

いつもありがとうございます！

お手紙《てがみ》の返事《へんじ》は、のんびり気長《きなが》に待《ま》っていてくださいね♪

この次《つぎ》のページからは、学年《がくねん》が上《あ》がったのをきっかけに、チャレンジしてみる、藤司《とうじ》と鈴華《すずか》ちゃんのスペシャル☆ストーリーです。

それでは、また10巻《かん》でお会《あ》いしましょう！

七都《ななと》にい

ファンレターのあて先《さき》はこちら
〒102-8177　東京都千代田区富士見《とうきょうとちよだくふじみ》2-13-3　(株《かぶ》)KADOKAWA
角川《かどかわ》つばさ文庫編集部《ぶんこへんしゅうぶ》「七都《ななと》にい先生《せんせい》」「しめ子先生《こせんせい》」※先生《せんせい》たちへのお手紙《てがみ》は、別々《べつべつ》のびんせんに書《か》いて送《おく》ってね

スペシャル☆ストーリー おれのペッター物語《ものがたり》!!

おれ――柴沢藤司《しばさわとうじ》は、ワクワクしながら、開《あ》けっぱなしで固定《こてい》された音楽室《おんがくしつ》のとびらに飛《と》びこんだ。

今日《きょう》からいよいよ、金管《きんかん》クラブの活動《かつどう》に参加《さんか》できるんだ！

よーしやるぞ！　とまわりを見《み》まわしてみると。

先生《せんせい》がくる前《まえ》だからか、集《あつ》まった部員《ぶいん》たちは、それぞれにすごしている。

女子《じょし》のグループがいくつもできてて、楽《たの》し気《げ》におしゃべりしてる。

ん？　というか――この場《ば》にいる男子《だんし》は、おれ1人《ひとり》だけだ。

そりゃそうか。

去年《きょねん》まで、金管《きんかん》クラブは、女子《じょし》しか入部《にゅうぶ》できなかったんだから。

でも、なんか……落《お》ちつかないな。

なんとなーく、部屋《へや》のすみっこにいこうかなと思《おも》ってた、そのとき、

「藤司《とうじ》くん、金管《きんかん》クラブへようこそ！　これからよろしくね！」

同《おな》じクラスの春葉《はるは》が話《はな》しかけてくれた。

「おおっ春葉《はるは》……っ、こちらこそ、よろしく……！」

そっかあ！　春葉《はるは》も金管《きんかん》クラブだったのか。

見《み》まわすと、ほかにも、クラスメイトが何人《なんにん》かいる。

4年間同《ねんかんおな》じクラスだから、そりゃ、全員話《ぜんいんはな》したことはあるけど。

でも、女子《じょし》だけでかたまって話《はな》しているところに、「なあなあ」って話《はな》しかけられるほど、親《した》しいってわけじゃない。

むこうから話《はな》しかけてもらえることに、こんなに救《すく》われるんだって。

おれ、初《はじ》めて知《し》ったかも。

……ってことは、あかねとかえでってさ。

2人《ふたり》とも、この気《き》まずさや緊張《きんちょう》をのりこえて。

さらに、楽《たの》しくクラブ活動《かつどう》するところまで、がんばったってことなんだよな。

あかねもかえでも、す、すげえやつだったんだな……っ!!

2人《ふたり》の、これまでの努力《どりょく》を尊敬《そんけい》しながら、春葉《はるは》にたずねる。

「春葉《はるは》は去年《きょねん》から金管《きんかん》クラブだったよな。なんの楽器《がっき》が担当《たんとう》なんだ？」

「私《わたし》はトロンボーンだよ！　人《ひと》の声《こえ》に一番近《いちばんちか》い楽器《がっき》って言《い》われてるの！」

「へー！　トランペットよりおっきくて、スライドで音程《おんてい》を変《か》えるやつ？」

「それそれ！　演奏《えんそう》するときの動《うご》きがカッコいいんだよね〜」

春葉《はるは》は、エアで楽器《がっき》を演奏《えんそう》する動作《どうさ》をしてみせる。

これこれ！　こういう話《はなし》ができるの、うれしいな。

うちは、姉《ねえ》ちゃんが小学校中学校《しょうがっこうちゅうがっこう》とトランペットやってるから、何度《なんど》も演奏《えんそう》をきいてるし、好《す》きなんだ。

だけど、これまでは姉《ねえ》ちゃん以外《いがい》と楽器《がっき》の話《はなし》をしたことがなかった。

だから、すげー新鮮《しんせん》で、ワクワクする！

春葉《はるは》と話《はな》していると、顧問《こもん》の先生《せんせい》が音楽室《おんがくしつ》にやってきた。

「さあ、始《はじ》めるよ〜」と部員《ぶいん》に声《こえ》をかける。

いよいよだっ！

先生《せんせい》のかるいあいさつのあと、新入部員《しんにゅうぶいん》は自己紹介《じこしょうかい》するよう言《い》われる。

新入部員《しんにゅうぶいん》は、おれふくめて6人《にん》。

5人《にん》は4年生《ねんせい》の女子《じょし》だ。

やっぱり、入《はい》ってきた男子《だんし》は、おれ1人《ひとり》らしい。

いやっ！　そんなのはやっぱり関係《かんけい》ないっ！

トランペットがやりたくって、おれはここにきたんだから！

自分《じぶん》の番《ばん》がくると、すうっと息《いき》を吸《す》う。

「柴沢藤司《しばさわとうじ》です！　5年《ねん》ですが、今年《ことし》からよろしくおねがいしますっ！　おれ、吹奏楽部《すいそうがくぶ》に入《はい》ってる中学生《ちゅうがくせい》の姉《ねえ》ちゃんがいて。姉《ねえ》ちゃんがトランペットを吹《ふ》く姿《すがた》を見《み》て、カッコいいって思《おも》ってたんです。だからおれも、トランペット希望《きぼう》です！　よろしくおねがいします！」

ぺこっと頭《あたま》を下《さ》げると、みんな、温《あたた》かく拍手《はくしゅ》してくれる。

「トランペットは、卒業《そつぎょう》しちゃった子《こ》のぶんが空《あ》いてるよ。いい音《おと》鳴《な》らしてね、期待《きたい》してるよ」

「！　はいっ‼」

顧問《こもん》の先生《せんせい》がそう言《い》ってくれて、おれは、ぱあっと笑《え》みをうかべる。

「それじゃあさっそく、新入部員《しんにゅうぶいん》さんは、興味《きょうみ》のある楽器《がっき》を体験《たいけん》してみましょう！」

これはもう、理想《りそう》のクラブ生活《せいかつ》の幕開《まくあ》けでは——⁉

キーンコーンカーンコーン――

「…………………！」

うっっっっっそだろ……!?

クラブ活動終了《かつどうしゅうりょう》のチャイムが鳴《な》ったとたん、おれはガックリと手《て》のひらを床《ゆか》につけ、しゃがみこむ。

「おかしい……イメージ練習《れんしゅう》はカンペキだったのに……」

「だ、大丈夫《だいじょうぶ》だよっ。私《わたし》も、最初《さいしょ》はぜんぜん音出《おとだ》せなかったし！」

見《み》かねた春葉《はるは》が、おれをはげましてくれる。

……そう。

あんなに意気《いき》ごんでたのに、おれは……ぜんっぜん、音《おと》が出《だ》せなかったんだ！

いきなり楽器《がっき》を吹《ふ》かせてもらえるわけじゃなくて。

まずは、マウスピースっていう吹《ふ》き口《ぐち》だけで、音《おと》を出《だ》す練習《れんしゅう》をするんだけど。

スー

「……？」

スー

「……！」

スー――

「……!?」

――――って。

クラブ活動中《かつどうちゅう》、おれがどんなにマウスピースに息《いき》を吹《ふ》きこんでも、管《くだ》の中《なか》を空気《くうき》が通《とお》るだけで、まっっったく音《おと》を鳴《な》らせなかった。

くちびるを、マウスピースのまんなかに当《あ》ててみて――とか。

くちびるを震《ふる》わせるときに、力《ちから》を入《い》れすぎないで――とか。

先輩《せんぱい》や、顧問《こもん》の先生《せんせい》が、いろいろアドバイスをしてくれたけど。

それでも、一向《いっこう》に音《おと》が鳴《な》ることはなかった。

「し、柴沢《しばさわ》くん？　今日《きょう》は初日《しょにち》だから、ほかの楽器《がっき》も体験《たいけん》してみて？」

って言《い》われて、いちおう、トロンボーンやユーフォニアムのマウスピースも試《ため》したけど、そっちも大《たい》した差《さ》はなく……。

「藤司《とうじ》くん、気《き》にしなくていいからね。金管楽器《きんかんがっき》にむいてるくちびるの形《かたち》とか、歯《は》ならびなんかはあるみたいけど、みんながみんな、最初《さいしょ》からうまくはいくもんじゃないからっ」

先輩《せんぱい》に、はげますように言《い》われて、おれは**ドキッ**とする。

おれ、むいてないかもしれないのか……っ⁉

いや、まだあきらめないぞ。

「つ、次《つぎ》のクラブでも、練習《れんしゅう》させてくださいっ！」

おれは、絶対《ぜったい》にトランペットをやるんだ！！！

おれは、姉《ねえ》ちゃんにおねがいして、前《まえ》に使《つか》ってたマウスピースを貸《か》してもらった。

それを、自分《じぶん》の部屋《へや》で、ひたすら吹《ふ》いた。

くちびるを震《ふる》わせつづけるのがしんどいし、息《いき》を吹《ふ》きこみまくるから、体力《たいりょく》ももってかれる。

「晩《ばん》ごはんだよ」って呼《よ》ばれるころには、もうぐったり。

でも、そのかいあって、次《つぎ》の部活動《ぶかつどう》では。

〜〜〜♪

キレイな音《おと》じゃなかったけど、どうにか鳴《な》らすことができたんだ！

「先生《せんせい》っ、これでおれ、トランペットを担当《たんとう》できますかっ⁉」

うれしくって、つい、大《おお》きな声《こえ》できいてしまった。

おれの姉《ねえ》ちゃんは、中学《ちゅうがく》の吹部《すいぶ》の演奏会《えんそうかい》で、高《たか》らかにトランペットの音《おと》をひびかせている。

姉《ねえ》ちゃんの弟《おとうと》なんだから、おれだって絶対《ぜったい》、あんなふうになれるはず！

すると、それに反応《はんのう》して、ちらっとこっちを見《み》た部員《ぶいん》が２人《ふたり》。

新入部員《しんにゅうぶいん》の４年生《ねんせい》だ。

「うーん、ＯＫ《オーケイ》って言《い》いたいところなんだけど……。今年《ことし》は柴沢《しばさわ》くんのほかにも、トランペット希望《きぼう》が２人《ふたり》いてね。人数《にんずう》のバランスを考《かんが》えると、だれか１人《ひとり》には、べつの楽器《がっき》をおねがいしたいのよ」

「……！」

なんだって――⁉

「その２人《ふたり》にも言《い》ったんだけど、べつの楽器《がっき》も考《かんが》えてみてくれないかな？　ほら、……柴沢《しばさわ》くんはシンバルとか太鼓《たいこ》とかも、むいてると思《おも》うんだけど」

ん？

おれ、打楽器《だがっき》はまだ試《ため》してないのに、どうしてむいてるってわかるんだ？

とつぜんの提案《ていあん》に、おれはすぐに返事《へんじ》ができなかった。

「急《きゅう》に言《い》われてもこまるよね。でも、ちょっと考《かんが》えてみてくれる？」

「は、はい……」

音《おと》を鳴《な》らせたのに、べつの楽器《がっき》を提案《ていあん》されるなんて。

もしかして、おれ、トランペットを吹《ふ》かせてもらえないのか？

それならなんのために、サッカークラブから転部《てんぶ》したんだろう……。

クラブが終《お》わっても、おれはぼうぜんとしたままだった。

ふらふらと、下駄箱《げたばこ》にたどり着《つ》いたとき。

「あの新入部員《しんにゅうぶいん》の子《こ》、えーと、藤司《とうじ》くんだっけ？　すっごく熱心《ねっしん》だよね〜」

6年生《ねんせい》のほうの下駄箱《げたばこ》から、おれの名前《なまえ》がきこえてきた。

先輩《せんぱい》が、おれのこと、ウワサしてるらしい。

「ねー！　でも、あんまりペットはむいてないみたい。かわいそうだよねえ」

！

すると、べつの先輩《せんぱい》が言《い》う。

「せっかくの男子部員《だんしぶいん》だし、私《わたし》、打楽器《だがっき》にきてほしいなーって思《おも》ってるんだよね」

「だよね！　あの子《こ》、力強《ちからづよ》い音《おと》出《だ》せるだろうしね！」

「それに、打楽器《だがっき》って大《おお》きいから、準備《じゅんび》とか片《かた》づけとか助《たす》かるじゃん」

「あー、いっつも重《おも》い重《おも》いって言《い》いながら運《はこ》んでるもんね」

「そう～。解放《かいほう》されたいー！」

先輩《せんぱい》たちは靴《くつ》をはきおわったようで、どんどんしゃべり声《ごえ》が遠《とお》ざかっていく。

おれは、その場《ば》で立《た》ちすくんでいた。

……なるほどな。

先生《せんせい》がおれに「むいてる」って言《い》ったわけがわかった。

おれが「男子《だんし》だから」。

演奏《えんそう》にも、準備《じゅんび》にも、力《ちから》が必要《ひつよう》な打楽器《だがっき》が「むいてる」って考《かんが》えたんだ。

おれ自身《じしん》の向《む》き不向《ふむ》きを見《み》て、提案《ていあん》してくれたわけじゃなかったんだ……。

うなだれたおれの視界《しかい》に、薄暗《うすぐら》くなりかけた床《ゆか》がうつる。

――おれ、初《はじ》めて、あかねやかえでの気持《きも》ちがわかったかもしれない。

性別《せいべつ》で決《き》めつけられるって、イヤなもんなんだな。

……そして。

たしかに、おれはトランペットにむいてないのかもしれない。

でも、だからって……絶対《ぜったい》、打楽器《だがっき》はやりたくない。

練習《れんしゅう》だ。練習《れんしゅう》しかない。

トランペットに立候補《りっこうほ》してる3人《にん》の中《なか》で、一番《いちばん》うまくなって。

「打楽器《だがっき》のほうが」なんて、言《い》われなくなってやる……っ！


――――と思《おも》っていた、おれだったけど。

「――先生《せんせい》っ！　おれ今日《きょう》、打楽器《だがっき》やらせてください！」

次《つぎ》の部活動《ぶかつどう》の日《ひ》、真《ま》っ先《さき》に音楽室《おんがくしつ》に行《い》ったおれは、そう申《もう》し出《で》た。

練習《れんしゅう》するって決《き》めたくせに、もやもやして、身《み》が入《はい》らなかったおれだったけど……。

カッコわるいところを、かえでに見《み》られて。アドバイスをもらって。

そして、気《き》づいたんだ。

おれは、トランペットの「代《か》わり」としてすすめられた打楽器《だがっき》に、いつの間《ま》にかマイナスのイメージを持《も》っていたって。

でも、演奏《えんそう》したこともないのにイヤだなんて――。

それじゃ、おれが「男子《だんし》だから」って先生《せんせい》が打楽器《だがっき》をすすめたのと、おんなじことじゃないかな？

だから、打楽器《だがっき》も一度《いちど》試《ため》してみようと思《おも》ったんだ。

先生《せんせい》にOK《オーケイ》をもらったおれは、みんなの練習《れんしゅう》が始《はじ》まる前《まえ》に、打楽器《だがっき》を体験《たいけん》させてもらうことになった。

正直《しょうじき》、シンバルにしても太鼓《たいこ》にしても「たたくだけじゃん」って思《おも》ってたけど……。

「！　わっ、ふんいきがガラッと変《か》わった！」

「でしょー。力《ちから》のこめ方《かた》だったり、たたき方《かた》で、音《おと》のひびき方《かた》が、ぜんっぜんちがうんだよ！」

打楽器担当《だがっきたんとう》の先輩《せんぱい》が、えへんと、ほこらしそうに言《い》う。

リズム感《かん》も求《もと》められる。

演奏《えんそう》に合《あ》わせてたたくってなると、かなりむずかしそうだ。

「藤司《とうじ》くん、せっかくだから、演奏《えんそう》してるところを近《ちか》くできいてみる？」

新入生以外《しんにゅうせいいがい》が曲《きょく》をやっているとき、新入部員《しんにゅうぶいん》はとなりの部屋《へや》で個別練習《こべつれんしゅう》をするんだけど。

おれは先輩《せんぱい》の言葉《ことば》にあまえて、一番《いちばん》うしろで演奏《えんそう》する打楽器《だがっき》のそばで、きいていることにした。

今《いま》、メンバーは、5月《がつ》の運動会《うんどうかい》にむけて、応援歌《おうえんか》の練習《れんしゅう》をしている。

明《あか》るく元気《げんき》な曲調《きょくちょう》と、弾《はず》むようなリズムを、打楽器《だがっき》が支《ささ》えてる。

思《おも》った以上《いじょう》の存在感《そんざいかん》だ。

とくにシンバルの音《おと》は目立《めだ》つから、責任《せきにん》も重大《じゅうだい》。

――さっき、ひと通《とお》り自分《じぶん》でも音《おと》を出《だ》してみて、間近《まぢか》で演奏《えんそう》をきかせてもらって。

打楽器《だがっき》は、すげーやりがいのある、いい楽器《がっき》だってことがわかった。

もし、打楽器《だがっき》をまかされることになったら、おれは一生《いっしょう》けん命《めい》やれると思《おも》う。

「おれが、やりたいのは……！」

自分《じぶん》の意志《いし》がかたまったのが、ハッキリわかった。

演奏《えんそう》が終《お》わると、先生《せんせい》が期待《きたい》をこめておれにたずねてきた。

「柴沢《しばさわ》くん、打楽器《だがっき》どうだった？」

「楽《たの》しかったです！」

「よかった。打楽器《だがっき》の担当《たんとう》になるって話《はなし》、前向《まえむ》きに考《かんが》えてくれたのかな？」

ぱっと表情《ひょうじょう》を明《あか》るくした先生《せんせい》に、おれは首《くび》をふる。

「いえ。打楽器《だがっき》もいいなって思《おも》ったけど……でも、やっぱりおれは、ペットを吹《ふ》きたいです」

おれはあらためて、先生《せんせい》にむかって宣言《せんげん》する。

「そっか。…………うん、それだけやる気《き》があれば、きっと、ぐんぐんうまくなるだろうな」

先生《せんせい》は、少《すこ》し残念《ざんねん》そうだったけど、すぐに切《き》りかえて、ニコッと笑《わら》ってくれた。

「それじゃあ、トランペットは、希望者《きぼうしゃ》でオーディションをして、決《き》めることにしましょう。柴《しば》沢《さわ》くん、それでいいかな？」

「はいっ!!」

先生《せんせい》の提案《ていあん》に、おれは大《おお》きくうなずいた。


「それじゃあ、最後《さいご》に柴沢《しばさわ》くん」

「はいっ！」

おれは、手《て》が震《ふる》えるのを抑《おさ》えながら、トランペットをかまえる。

オーディションの曲《きょく》は**「きらきら星《ぼし》」**だった。

音階《おんかい》が連続《れんぞく》していて、初心者《しょしんしゃ》でも吹《ふ》きやすいから。

音《おと》をまちがえないのはトーゼンだけど。

一音一音《いちおんいちおん》、ていねいに吹《ふ》けるかが、大事《だいじ》になってくる。

短《みじか》い曲《きょく》だけど、おれはもう、めちゃくちゃに練習《れんしゅう》した。

大《おお》きな音《おと》が出《で》るトランペットを、吹《ふ》いていいのは音楽室《おんがくしつ》だけ。

だから家《いえ》では、マウスピースを吹《ふ》きつづけた。

そして、教室《きょうしつ》でも、練習《れんしゅう》した！

5分休憩《ふんきゅうけい》なんかに、地道《じみち》に音《おと》を鳴《な》らした。

クラブに入《はい》った直後《ちょくご》は、強《つよ》がって、「バッチリうまくいってます！」ってふんいきを出《だ》してたおれだけど。

教室《きょうしつ》で練習《れんしゅう》するために、クラスのみんなに「じつはトランペットのオーディション次第《しだい》で、担当《たんとう》できないかもしれない」って、打《う》ちあけたんだ。

すると、みんな、バカにするどころか、ものすご〜く応援《おうえん》してくれて。

けっこう大《おお》きい音《おと》が鳴《な》るのに、「気《き》にせず練習《れんしゅう》して！」って、言《い》ってくれた。

ちっちゃな吹《ふ》き口《ぐち》をくわえつづける自分《じぶん》を、カッコわるいなんて、もう思《おも》わなかった。

……おれは今《いま》まで、姉《ねえ》ちゃんが演奏《えんそう》のとき、だれより目立《めだ》ってるのが、ほこらしかった。

そんでおれも、トランペットを持《も》てば、あのカッコいい音《おと》が出《だ》せると、気楽《きらく》に思《おも》ってた。

でも、あんなふうに、胸《むね》にひびくような演奏《えんそう》ができるまで、姉《ねえ》ちゃんも、ほかの部員《ぶいん》も、たくさん努力《どりょく》していたんだな。金管《きんかん》クラブに入《はい》って初《はじ》めて、おれは気《き》づいた。

そして——おれも、今《いま》やれることは、全部《ぜんぶ》やってきたはず。

あとは、全力《ぜんりょく》を出《だ》すだけだ。

おれは、あらためてトランペットをかまえた。

練習《れんしゅう》の積《つ》み重《かさ》ねを、自信《じしん》に変《か》えて。

すうっとおなかを膨《ふく》らませて、演奏《えんそう》に挑《いど》んだ——。

「あ……藤司《とうじ》くん！」

おれが、下駄箱《げたばこ》の前《まえ》のろうかを通《とお》っていると、声《こえ》をかけられる。

「！　かえで！　待《ま》っててくれたのか⁉」

「うん。ぼくも落《お》ちつかなくて。オーディション……どうだった？」

かえでが、ドキドキしながら結果《けっか》を待《ま》っててくれたのが伝《つた》わる。

すげーうれしいな……。

心《こころ》の中《なか》でかみしめながら、おれは背負《せお》っていたランドセルをおろす。

中《なか》から、一番上《いちばんうえ》にしまってあるクリアファイルを出《だ》して、かえでに差《さ》しだした。

「わっ、これ、楽譜《がくふ》……藤司《とうじ》くん、これ……？」

かえでの目《め》が、楽譜上《がくふじょう》をせわしなく動《うご》いて、ある部分《ぶぶん》でパッと止《と》まる。

「トランペットの、楽譜《がくふ》だね……⁉」

「おう。おれ、トランペットを吹《ふ》けることになった‼」

「わあ、おめでとう……‼」

かえでの声《こえ》が、か細《ぼそ》くなっていったかと思《おも》うと。

すぐ、その大《おお》きなひとみに、じわっと涙《なみだ》がうかぶ。

「えっ⁉……えっ⁉」

「藤司《とうじ》くん、すごくがんばってたから……ぼく、うれしくて……」

涙《なみだ》をぬぐいながら、言葉《ことば》をつむぐかえで。

そんなかえでを見《み》ていたら、おれも、鼻《はな》の奥《おく》がツーンとしてきた。

「サンキュー。おれも、すっっっごくうれしい！」

合格《ごうかく》できたことも。

かえでが、こんなふうに、おれのことで喜《よろこ》んでくれることも。

そして――。

やっと、ここからが、おれのチャレンジのスタートだ。これからも、おれのチャレンジはつづく。

かえでも、あかねも、みんなみーんな、見《み》てろよ。

おれ、カッコいい音色《ねいろ》をひびかせられるように、がんばるから！

スペシャル☆ストーリー 鈴華《すずか》ちゃんの児童会選挙《じどうかいせんきょ》☆奮闘記《ふんとうき》

「失礼《しつれい》します！」

放課後《ほうかご》。

私《わたし》――北大路鈴華《きたおおじすずか》は、いさましく職員室《しょくいんしつ》のドアを開《あ》けた。

春休《はるやす》み中《ちゅう》ずっと考《かんが》えてきた、あの夢《ゆめ》に。

いよいよ第一歩《だいいっぽ》を踏《ふ》み出《だ》すのだから！

「北大路《きたおおじ》さん、わるいね。わざわざ職員室《しょくいんしつ》へきてもらって」

私《わたし》に気《き》づいた左野先生《さのせんせい》が、デスクの引《ひ》き出《だ》しから、１枚《まい》のプリントをとりだす。

「はいこれ、――児童会《じどうかい》の立候補用紙《りっこうほようし》。来週《らいしゅう》の金曜日《きんようび》までに書《か》いて、持《も》ってきてね」

「はい、かならず！」

私《わたし》は両手《りょうて》で受《う》けとった。

なにげなく、その場《ば》で目《め》を通《とお》す。

と、そこに1つ、気《き》になる項目《こうもく》を見《み》つけた。

「あの……先生《せんせい》、この『推薦人《すいせんにん》』ってなんですか……？」

「あ、これ？　児童会《じどうかい》に立候補《りっこうほ》するには推薦《すいせん》してくれる人《ひと》が必要《ひつよう》なんだ。立候補者《りっこうほしゃ》のすぐれたところをほかの視点《してん》からアピールすることも、児童会選挙《じどうかいせんきょ》では重要《じゅうよう》だからね。北大路《きたおおじ》さんのことをよく知《し》っていて、しっかりスピーチしてくれる人《ひと》におねがいするといいよ」

「――――！」

ガ――――ン！

『ハナコイ』だったら、恋花《こはな》ちゃんの背後《はいご》にそんな文字《もじ》が飛《と》びだすところだわ。

そんなの、まったく考《かんが》えてなかった。

でもそういえば、去年《きょねん》の児童会選挙《じどうかいせんきょ》を思《おも》いだしてみると。

立候補者《りっこうほしゃ》が教室《きょうしつ》にまわってきたときも、たしか2人組《ふたりぐみ》だった。

立候補《りっこうほ》した人《ひと》だけじゃなくて、いっしょにいる推薦人《すいせんにん》も、けっこう長《なが》い時間《じかん》、みんなの前《まえ》でスピーチをしていたはず。

す、推薦人《すいせんにん》って、けっこう大変《たいへん》なお仕事《しごと》……？

「推薦人《すいせんにん》なしでは、立候補《りっこうほ》できない……ということですよね」

「そうだねえ」と左野先生《さのせんせい》。

「なるほど………わかりました」

私《わたし》は、とりあえずうなずいた。

●▶●▶

次《つぎ》の週《しゅう》のそうじの時間《じかん》。

かえでちゃんと凜《りん》ちゃんとかるく話《はな》しながら、図工室《ずこうしつ》のそうじをしていると。

「うん、ていねいにやってるねー」

見《み》まわりにきた左野先生《さのせんせい》が、にこやかに声《こえ》をかけてくる。

「あ、そうだ。北大路《きたおおじ》さん、わかってると思《おも》うけど、書類《しょるい》の締《し》めきりは金曜日《きんようび》だからね」

「は、はい……」

左野先生《さのせんせい》が部屋《へや》を出《で》ていくと、凜《りん》ちゃんが、うなだれた私《わたし》にたずねる。

「鈴華《すずか》ちゃん、今《いま》のってなんの話《はなし》？」

「児童会選挙《じどうかいせんきょ》のことよ。立候補《りっこうほ》の用紙《ようし》はもらったんだけど……じつは、まだ出《だ》せてなくて」

「児童会《じどうかい》っていっても、いろんな役職《やくしょく》があるもんね」

「会長《かいちょう》か、副会長《ふくかいちょう》か、書記《しょき》だっけ？　どの役目《やくめ》にするか、すぐには決《き》められないよね」

と、かえでちゃん。

「ううん、副会長《ふくかいちょう》に立候補《りっこうほ》するっていうのは、もう決《き》めているの。だけど……」

「「だけど？」」

2人《ふたり》は、ふしぎそうにそろって首《くび》をかしげてる。

「……推薦人《すいせんにん》っていうのに、なってくれる人《ひと》が必要《ひつよう》なの……」

「なるほど、だれにおねがいするか、迷《まよ》ってるんだ？」

うーん、だれにおねがいするか、っていうより……。

だれにも声《こえ》をかけられず、悩《なや》んでる――のほうが正《ただ》しいかも。

ただ書類《しょるい》に名前《なまえ》を書《か》くだけなら、気軽《きがる》におねがいできるけど。

推薦人《すいせんにん》になったら、児童会《じどうかい》の選挙期間中《せんきょきかんちゅう》、私《わたし》といっしょに、かなりがんばってもらうことになるんだって気《き》づいたら……。

おねがいするのを、ためらってしまうの。

「自分《じぶん》がやると決《き》めたことのためにがんばる」のは、得意《とくい》だし、ずーっとやってきた。

でも……。

こんな重要《じゅうよう》な役目《やくめ》を、だれかに「私《わたし》のために、やってくれない？」って、おねがいしたことは、今《いま》までなかった気《き》がする。

私《わたし》って……だれかにたよるのが、苦手《にがて》なのかしら。

「児童会役員《じどうかいやくいん》に立候補《りっこうほ》しよう！」って決《き》めたことよりも、今《いま》、推薦人《すいせんにん》を探《さが》さなくちゃいけないっていうことのほうが、私《わたし》にとってはハードルが高《たか》くて……。

「推薦人《すいせんにん》って、どんなことをする役目《やくめ》なの？」

と、かえでちゃん。

そうか、去年《きょねん》の今《いま》ごろはまだ、かえでちゃんは緑田小《みどりだしょう》にはいなかったのね。

「それがね、選挙期間中《せんきょきかんちゅう》、立候補者《りっこうほしゃ》といっしょに応援演説《おうえんえんぜつ》をしたり、ポスター作《づく》りをしたり、いろいろやってもらうことがあって……」

「わっ、推薦《すいせん》する人《ひと》も、人前《ひとまえ》で話《はな》さなきゃなんだね……！」

おどろくかえでちゃんに、私《わたし》はうなずく。

「そうなの。私《わたし》、選挙《せんきょ》に人《ひと》が必要《ひつよう》だなんて、ぜんぜん考《かんが》えていなかったんだけど……とくに応援《おうえん》演説《えんぜつ》は、給食《きゅうしょく》の時間《じかん》に、私《わたし》といっしょにほかの学年《がくねん》の教室《きょうしつ》をまわるの。そうしたら、自分《じぶん》のお昼《ひる》はゆっくり食《た》べられないし……。こんなことたのまれたら、きっと迷惑《めいわく》よね」

私《わたし》が、かるく笑《え》みをうかべながら言《い》うと、

「……………そうかなあ」

凛《りん》ちゃんが、ぼそっと、でも真剣《しんけん》な声音《こわね》でつぶやいた。

「凛《りん》ちゃん、どういうことかしら？」

「だって鈴華《すずか》ちゃんはこれまで、学級委員《がっきゅういいん》としても、クラスの一員《いちいん》としても、だれより『みんなのため』にがんばってきてくれたよね」

顔《かお》をあげた凛《りん》ちゃんが言《い》う。するとかえでちゃんも、

「たしかに！　そんな鈴華《すずか》ちゃんのためだったら、だれだってイヤな顔《かお》なんてしないよっ」

そう言《い》ってくれた。

「でも……」

私《わたし》がうつむいたとき、凛《りん》ちゃんが、ぱっとこちらを見《み》た。

「ねえ、鈴華《すずか》ちゃん。**その推薦人《すいせんにん》って、わたしじゃダメかな？**」

「ええっ⁉」

「わたし、人前《ひとまえ》で話《はな》すのは苦手《にがて》だし、人望《じんぼう》があるわけじゃないけど……鈴華《すずか》ちゃんが児童会《じどうかい》にふ

さわしいってことを、みんなに伝《つた》えるお役目《やくめ》なら、やりたいって思《おも》う！　だから……！」

凜《りん》ちゃんが、じっと私《わたし》を見《み》つめながら言《い》う。

「本当《ほんとう》に？　引《ひ》きうけてくれるの？」

凜《りん》ちゃんは、私《わたし》の目《め》から見《み》ても、人前《ひとまえ》での発表《はっぴょう》なんかは得意《とくい》じゃなさそうなのに。

すごくビックリして、思《おも》わずきき返《かえ》しちゃった。

「うん。わたしでよければ、だけど」

凜《りん》ちゃんは、照《て》れくさそうに、でもはっきりと答《こた》えてくれる。

私《わたし》は思《おも》わず、凜《りん》ちゃんの両手《りょうて》をにぎってしまった。

「もちろんよ。凜《りん》ちゃん、ありがとう……！」

「いっしょに選挙《せんきょ》、がんばろうねっ」

凜《りん》ちゃんもにぎり返《かえ》してくれて、ニコッと笑《わら》う。

凜《りん》ちゃんは、すぐに立候補《りっこうほ》の用紙《ようし》に、自分《じぶん》の名前《なまえ》を書《か》いてくれた。

私《わたし》のとはちがう、丸《まる》っこくてやわらかい、鉛筆《えんぴつ》の文字《もじ》が、くっきりと。

見《み》るだけで、心強《こころづよ》い気持《きも》ちになる。

「ぼくは選挙《せんきょ》ポスターとかお手伝《てつだ》いしたいな！　きっと、ほかの子《こ》も手伝《てつだ》いたいと思《おも》うよ」

「……！　ありがとう、かえでちゃん！」

こうして、私《わたし》の児童会選挙《じどうかいせんきょ》は、やっと一歩目《いっぽめ》を踏《ふ》みだすことができたのだった。

翌週《よくしゅう》の朝《あさ》、児童会《じどうかい》の候補者《こうほしゃ》のリストが、掲示板《けいじばん》に貼《は》りだされていた。

児童会会長《じどうかいかいちょう》には、1人《ひとり》。

副会長《ふくかいちょう》と書記《しょき》は、2人《ふたり》ずつ立候補者《りっこうほしゃ》がいる。

副会長《ふくかいちょう》に立候補《りっこうほ》したのは、私《わたし》と、6年生《ねんせい》の先輩《せんぱい》だ。

でも……副会長《ふくかいちょう》になれるのは、1人《ひとり》だけ。

「ひゃあ、この6年生《ねんせい》と、一騎打《いっきう》ちかあ……」

「競争《きょうそう》は、あまり好《す》きじゃないけど……こればっかりは、覚悟《かくご》を決《き》めるしかないわね」

「この名前《なまえ》、見覚《みおぼ》えがあるなあ。去年《きょねん》の保健委員《ほけんいいん》の委員長《いいんちょう》じゃない？」

「ええ、朝会《ちょうかい》で何度《なんど》か、みんなの前《まえ》で話《はな》してたわよね。しっかりした人《ひと》だったわ」

強力《きょうりょく》なライバル出現《しゅつげん》へのドキドキを、凛《りん》ちゃんと話《はな》しながら、教室《きょうしつ》へ入《はい》ると、

「鈴華《すずか》ちゃんきた！」

みんながいっせいにこっちをむいて、ビックリする。

えっ、なにごと!?

「俺《おれ》ら5年《ねん》で一丸《いちがん》となって、北大路《きたおおじ》を応援《おうえん》しようって話《はな》してたんだ！」

「あたしたち、鈴華《すずか》ちゃんの**『選挙応援団《せんきょおうえんだん》』**って感《かん》じ？」

ニッと笑《わら》う、真壁《まかべ》くんと沢渡《さわたり》さん。

みんなも、そろって私《わたし》を見《み》てうなずいてる。

「心強《こころづよ》いわ……！　ありがとう！」

クラスのみんなも、私《わたし》に力《ちから》を貸《か》してくれるなんて……。

ついこのあいだまで、推薦人《すいせんにん》をたのめなくて、悩《なや》んでいたのが、ウソみたい。

「さっそくだけど鈴華《すずか》ちゃん。選挙《せんきょ》でアピールする上《うえ》で、鈴華《すずか》ちゃんがどうして児童会《じどうかい》に入《はい》ろうと思《おも》ったのか、思《おも》いをきかせてほしいな」

凛《りん》ちゃんの言葉《ことば》に、柴沢《しばさわ》くんもうなずく。

「だな！　それに、北大路《きたおおじ》なら会長《かいちょう》だってやれるんじゃないか？　どうして副会長《ふくかいちょう》なんだ？」

「それはね……」

私《わたし》は、思《おも》いの丈《たけ》をまとめながら、語《かた》りはじめる。

「3月《がつ》の『6年生《ねんせい》を送《おく》る会《かい》』のときに、思《おも》ったの。——私《わたし》たちの学校《がっこう》は統廃合《とうはいごう》で、今年《ことし》が、このメンバーですごす最後《さいご》の年《とし》になるでしょ」

「……！」

私《わたし》が言《い》うと、みんながあらためて、ハッとしたような顔《かお》になる。

「私《わたし》はね、その最後《さいご》の年《とし》に、これまでの緑田小《みどりだしょう》の行事《ぎょうじ》や、活動《かつどう》をお手伝《てつだ》いしたいって思《おも》ったの。それでもし、できることなら来年《らいねん》——私《わたし》たちが6年生《ねんせい》になったときに、合併《がっぺい》をして新《あたら》しくなった学校《がっこう》に、緑田小《みどりだしょう》のステキなところ、よかったところを受《う》け継《つ》いで、活《い》かしていきたい。緑田小《みどりだしょう》らしさを守《まも》っていきたい……そのために、今年《ことし》は副会長《ふくかいちょう》として、いろんな学校《がっこう》の行事《ぎょうじ》の運営《うんえい》をして、勉強《べんきょう》させてもらいたいなと思《おも》っているの」

私《わたし》の考《かんが》えに共感《きょうかん》したように、うんうんとうなずいてくれる子《こ》がいる。

「もちろん、今年《ことし》からやったほうがいいアイデアもあるわ。たとえば……ちがう学年《がくねん》の子《こ》どうしが関《かか》わりを持《も》てる機会《きかい》を、今年《ことし》はもっとふやせたらなって——」

私《わたし》が話《はな》しているあいだ、凛《りん》ちゃんは、ずっと熱心《ねっしん》にメモをとりながら、耳《みみ》をかたむけてくれた。

「鈴華《すずか》ちゃんの想《おも》い、よーくわかったよ。わたしも、鈴華《すずか》ちゃんの熱意《ねつい》を伝《つた》えられるような応援《おうえん》演説《えんぜつ》をしなくちゃなあっ」

「ふふ、なんだかこそばゆいけど、ありがとう。でもまずは、ポスターを作《つく》らなきゃならないの。学校《がっこう》の看板《かんばん》に貼《は》りだすんですって」

「あっ、そうだった！　演説《えんぜつ》のほうに気《き》がいって、ついうっかり！」

口《くち》もとに手《て》を当《あ》てる凜《りん》ちゃん。

そんな凜《りん》ちゃんの肩《かた》を、かえでちゃんが、ぽんとたたく。

「凜《りん》ちゃんと鈴華《すずか》ちゃんは演説《えんぜつ》に集中《しゅうちゅう》してっ。ポスターはぼくとあかねに作《つく》らせてほしいな！」

つづけて、あかねちゃんが自分《じぶん》の胸《むね》をたたいて言《い》う。

「そうそう、うちらにまかせて！　鈴華《すずか》ちゃんの写真《しゃしん》、これっていうのを選《えら》んでおいてよ。先生《せんせい》に言《い》って、拡大《かくだい》コピーしてもらおう」

「ええ、ありがとう！」

「ねえ、イラスト版《ばん》も作《つく》るのはどうかな？　鈴華《すずか》ちゃんの似顔絵《にがおえ》とかさ……」

うきうきしてるあかねちゃんに、かえでちゃんがくぎを刺《さ》す。

「残念《ざんねん》だけど、あかねが描《か》いた絵《え》は採用《さいよう》できないよ？　鈴華《すずか》ちゃんが、なんだかわからない生《い》きものになっちゃうから」

「ちょっ、そんなことないって⁉」

って、じゃれている、あかねちゃんとかえでちゃん。

そのまんなかで、私《わたし》は、うれしい気持《きも》ちでいっぱいだった。

●▶●▶

「副会長《ふくかいちょう》に立候補《りっこうほ》した、5年《ねん》の北大路《きたおおじ》鈴華《すずか》です！　よろしくお願《ねが》いします！」

いろんな準備《じゅんび》と並行《へいこう》して、私《わたし》は朝《あさ》、校門《こうもん》のそばに立《た》って、あいさつ運動《うんどう》もすることに！

これは、やるっていう決《き》まりはないのだけど。

もう1人《ひとり》の副会長候補《ふくかいちょうこうほ》は、6年生《ねんせい》で、委員長経験《いいんちょうけいけん》もある。

少《すこ》しでも、みんなに私《わたし》の顔《かお》を覚《おぼ》えてもらう機会《きかい》がほしくて。

校門《こうもん》の開《あ》く時間《じかん》に合《あ》わせて登校《とうこう》して、毎朝《まいあさ》つづけた。

たった10分《ぷん》くらいだけど、かえでちゃんが作《つく》ってくれた、たすきのおかげで、存在感《そんざいかん》はバッグン！

ある朝《あさ》には、遅刻《ちこく》ぎみでやってきたあかねちゃんが、私《わたし》の前《まえ》を走《はし》りぬけながら、

「鈴華《すずか》ちゃんは、しっかり者《もの》ですよ～緑田小《みどりだしょう》、ひいてはこの町《まち》をよりよくしますよ～～～！」

なんて呼《よ》びかけていって。

「――市長《しちょう》じゃないぞ、北大路《きたおおじ》がなるのは……」

と、チラシを配《くば》っていた吉良《きら》くんが思《おも》わずつっこんで、まわりは大爆笑《だいばくしょう》。

一瞬《いっしゅん》で、お笑《わら》い劇場《げきじょう》みたいになったの！

そのうち、ろうかを歩《ある》いていると、下級生《かきゅうせい》から「あ、北大路《きたおおじ》さんだ」「こんにちは～」なんて声《こえ》をかけてもらえるようになったの。


そんなこんなで、あっという間《ま》に時間《じかん》がすぎていって。

投票日《とうひょうび》まで残《のこ》り1週間《しゅうかん》になった今日《きょう》、給食《きゅうしょく》の時間《じかん》を使《つか》った演説《えんぜつ》がスタートする。

もちろん私《わたし》も話《はな》すけど、メインは応援演説《おうえんえんぜつ》。

いよいよ、推薦人《すいせんにん》の凜《りん》ちゃんに、人前《ひとまえ》で、話《はな》してもらわなくちゃならない。

優先的《ゆうせんてき》に給食《きゅうしょく》をよそってもらって、先《さき》に食《た》べおえた私《わたし》と凜《りん》ちゃんは、「がんばれよ！」というみんなの声《こえ》を背《せ》に、ろうかに出《で》る。

今日《きょう》、演説《えんぜつ》するのは4年生《ねんせい》のクラスだから、行《い》き先《さき》は、となりだ。

「――――凜《りん》ちゃん、平気《へいき》？」

私《わたし》はならんで歩《ある》く凜《りん》ちゃんに声《こえ》をかける。

「……もうね、すっっごくドキドキして、手《て》も足《あし》も、震《ふる》えが止《と》まらないよ……っ」

言葉通《ことばどお》り、凜《りん》ちゃんはいつもより、さらに小《ちい》さくなったみたい。

全身《ぜんしん》、小動物《しょうどうぶつ》みたいに震《ふる》えている。

「凜《りん》ちゃん、ごめんなさいね、苦手《にがて》なことに、ムリさせて……」

「ううん。わたし、ムリはしてないよ」

凜《りん》ちゃんは、震《ふる》えながらも、キッパリとそう言《い》った。

「最初《さいしょ》は、ただ鈴華《すずか》ちゃんの力《ちから》になりたいと思《おも》って手《て》を挙《あ》げたけど、今《いま》はね。『緊張《きんちょう》しいな自分《じぶん》を、ほんの少《すこ》しでも変《か》えたい』って。これは、わたしのためのチャレンジでもあるなって思《おも》ったんだ。だから、この児童会選挙《じどうかいせんきょ》、がんばるよ、わたしも！」

震《ふる》えながらも、キッパリと言《い》う凜《りん》ちゃん。

「……！　ええ、いっしょにがんばりましょう！」

そっか。

私《わたし》にとっても、凜《りん》ちゃんにとっても、大《おお》きな挑戦《ちょうせん》なのね。

いっしょのことをしながら、それぞれの目標《もくひょう》をかなえようとしてる。

それって、なんだかステキじゃない？

4年生《ねんせい》の教室《きょうしつ》のとびらの前《まえ》に立《た》つと、私《わたし》たちは、顔《かお》を見《み》あわせる。

顔《かお》のそばに両方《りょうほう》のこぶしをつくって、「がんばるぞっ！」って伝《つた》えあう。

一呼吸《ひとこきゅう》おいてから、私《わたし》は、コンコンととびらをたたいた。

そして、すっと、とびらを開《ひら》く。

「給食《きゅうしょく》の時間《じかん》に失礼《しつれい》します。副会長《ふくかいちょう》に立候補《りっこうほ》した、5年《ねん》の北大路鈴華《きたおおじすずか》です。立候補《りっこうほ》のごあいさつにきました。よろしくおねがいします」

「きょ、今日《きょう》は、推薦人《すいせんにん》の秋倉凜《あきくらりん》から、みなさんにお話《はな》しさせていただきますっ」

凜《りん》ちゃんは、顔《かお》を真《ま》っ赤《か》にして、声《こえ》もうわずっている。

でも、声量《せいりょう》はしっかりしてて、教室《きょうしつ》のうしろまで届《とど》く大《おお》きさだ。

うん、大丈夫《だいじょうぶ》。

あとは、台本《だいほん》の紙《かみ》さえあれば——あら？

凜《りん》ちゃんは、手《て》に持《も》っている紙《かみ》をにぎりしめたまま、教壇《きょうだん》にのぼって話《はな》しはじめる。

「——……北大路鈴華《きたおおじすずか》さんは、すごく努力家《どりょくか》で、まっすぐな性格《せいかく》の人《ひと》です。去年《きょねん》は1年間《ねんかん》、わたしのクラスの学級委員《がっきゅういいん》を務《つと》めていて、わたしたちをリーダーとしてひっぱってくれていました。

リーダーシップがあるだけじゃなくて、いろんな人《ひと》の意見《いけん》にも、耳《みみ》をかたむけられる人《ひと》なんです。わたしは、北大路《きたおおじ》さんを、とっても信頼《しんらい》しています。もし、副会長《ふくかいちょう》になったら、北大路《きたおおじ》さんは、この学校《がっこう》を、もっともっとよくできると思《おも》います。なので、みなさん、ぜひ北大路《きたおおじ》さんに投票《とうひょう》をおねがいします！」

凛《りん》ちゃんは、台本《だいほん》を見《み》ずに言《い》い切《き》ると、ぺこっと頭《あたま》を下《さ》げる。

拍手《はくしゅ》がおこると、ほっとしたように笑《え》みをうかべた。

「失礼《しつれい》しました」

教室《きょうしつ》を出《で》て、とびらを閉《し》める。

ぱっと顔《かお》を見《み》あわせると、はあ〜〜っと、おたがい、大《おお》きな息《いき》がこぼれた。

「き、緊張《きんちょう》したあ……………」

「ほかのクラスでしゃべる機会《きかい》なんて、なかなかないものね……！」

胸《むね》をなでおろしたあと、私《わたし》はあらためて凛《りん》ちゃんを見《み》る。

「それにしても、凛《りん》ちゃん。台本《だいほん》を暗記《あんき》してたのね！」

「暗記《あんき》しよう！　って思《おも》っていたわけじゃなかったんだけど。おうちで何回《なんかい》も何回《なんかい》も読《よ》んでたら、自然《しぜん》と頭《あたま》に入《はい》ってたんだ。読《よ》みあげるより、みんなの目《め》を見《み》ながら話《はな》したほうが伝《つた》わるかなって」

「暗記《あんき》しちゃうくらい、練習《れんしゅう》してきてくれるなんて……本当《ほんとう》にありがとうね」

「さっきも言《い》ったでしょ。わたしにやれることは、なんでもやるよ！」

凜《りん》ちゃんは、そう力強《ちからづよ》く言《い》う。

私《わたし》……凜《りん》ちゃんの存在《そんざい》に、すごく気持《きも》ちを押《お》し上《あ》げてもらってるわ。

来週《らいしゅう》には、演説会《えんぜつかい》と投票《とうひょう》——つまり、本番《ほんばん》がある。

私《わたし》も、凜《りん》ちゃんに負《ま》けていられないわねっ。


とうとう、演説会《えんぜつかい》の日《ひ》がやってきた。

体育館《たいいくかん》に集《あつ》まった全校生徒《ぜんこうせいと》の前《まえ》で、私《わたし》たち立候補者《りっこうほしゃ》が順番《じゅんばん》に演説《えんぜつ》をする。

それからすぐ、みんなが名前《なまえ》を書《か》いて投票《とうひょう》をして、選挙《せんきょ》の結果《けっか》が出《で》るの。

私《わたし》たち立候補者《りっこうほしゃ》は、体育館《たいいくかん》のステージのすみにならべられたパイプいすにすわり、ほかの候補《こうほ》者《しゃ》の演説《えんぜつ》に耳《みみ》をかたむける。

会長候補《かいちょうこうほ》の人《ひと》が演説《えんぜつ》を終《お》えて、今《いま》は、6年生《ねんせい》の副会長候補《ふくかいちょうこうほ》が話《はな》してる。

「——なので、僕《ぼく》が副会長《ふくかいちょう》になったら、授業《じゅぎょう》も遊《あそ》びも楽《たの》しめるような、明《あか》るい学校《がっこう》になるようがんばります。よろしくおねがいします！」

ハキハキと話《はな》しおわって、ぺこっと頭《あたま》を下《さ》げる。

気《き》さくな性格《せいかく》なのが伝《つた》わってきたし、人前《ひとまえ》に立《た》つのに慣《な》れているのがわかる演説《えんぜつ》だったわね。

拍手《はくしゅ》がおさまると、司会《しかい》の人《ひと》が、カチッとマイクのスイッチを入《い》れる。

「つづきまして、同《おな》じく副会長候補《ふくかいちょうこうほ》、5年《ねん》1組《くみ》の北大路《きたおおじ》さん、おねがいします」

「はいっ」

名前《なまえ》を呼《よ》ばれた瞬間《しゅんかん》、ドキッと心臓《しんぞう》がはねた。

立《た》ちあがりながら、すっと深呼吸《しんこきゅう》をして、心《こころ》を落《お》ちつかせる。

私《わたし》は演台《えんだい》の前《まえ》まで歩《ある》くと、台本《だいほん》は開《ひら》かないまま、演台《えんだい》の上《うえ》においた。

顔《かお》を上《あ》げると、たくさんの生徒《せいと》——全校生徒《ぜんこうせいと》でうまった体育館《たいいくかん》が、イヤでも目《め》に入《はい》る。

こんなにもたくさんの人《ひと》の前《まえ》で話《はな》すのは、私《わたし》も初《はじ》めて。

緊張《きんちょう》で、のどがカラカラにかわいていくのに、私《わたし》は気《き》づかないフリをする。

「それでは、おねがいします」

司会《しかい》の人《ひと》の言葉《ことば》も、もう、ほとんど頭《あたま》に入《はい》ってこない。

それでも、話《はな》しはじめなくちゃいけないことはわかって、とにかく口《くち》を開《ひら》く。

「えー……」

まずい……舌《した》がうまくまわらない。

まっすぐ前《まえ》をむいていた私《わたし》の視線《しせん》が、無意識《むいしき》に下《さ》がりそうになったとき。

──そっくりな顔《かお》でかためた両方《りょうほう》のこぶし。

そっくりな真剣《しんけん》なまなざし。

まるで鏡《かがみ》を見《み》ているように同《おな》じ姿勢《しせい》をした、あかねちゃんとかえでちゃんが目《め》に入《はい》った。

あかねちゃんと目《め》が合《あ》うと、

「いっけ────っ、鈴華《すずか》ちゃ──ん！」

って、あかねちゃんが叫《さけ》んだ。

ええっ、ここでかけ声《ごえ》っ⁉

でも、その声《こえ》にビックリした子《こ》たちの頭《あたま》が、揺《ゆ》れうごく様子《ようす》が、なんだかおもしろくて。

背中《せなか》を押《お》されたように、声《こえ》が出《で》た。

「……ご紹介《しょうかい》にあずかりました、北大路《きたおおじ》鈴華《すずか》です」

私《わたし》は、ほほえみながら、話《はな》しはじめる。

「まず、新入生《しんにゅうせい》のみなさんは、知《し》らない話《はなし》をします、ごめんなさい。──在校生《ざいこうせい》のみなさんは、

副会長 立候補
北大路《おおじ》鈴華《すずか》
副会長立候補
北大路
副会長立候補
副会長
候補
北大路鈴

少《すこ》し前《まえ》に発表《はっぴょう》された、学校統廃合《がっこうとうはいごう》のニュースをきいて、学校中《がっこうじゅう》がパニックになったときのこと、覚《おぼ》えてますよね。そんな不安《ふあん》でたまらないときに、当時《とうじ》の6年生《ねんせい》たちが、やさしく寄《よ》りそってくれました。『緑田小《みどりだしょう》の伝統《でんとう》やよさは、緑田小《みどりだしょう》の子《こ》が受《う》け継《つ》いでいくかぎり、きっと消《き》えない』ってことを伝《つた》えてくれて。私《わたし》、本当《ほんとう》にそうだなって思《おも》ったんです」

ふしぎと、すらすらと言葉《ことば》が出《で》てくる。

「――私《わたし》は副会長《ふくかいちょう》として、新入生《しんにゅうせい》もふくめた、ここにいるみんなといっしょに、つないでいきたい――みんなが大好《だいす》きって思《おも》える緑田小《みどりだしょう》を、みんなと守《まも》っていきたい。そのお手伝《てつだ》いがしたいと思《おも》っています。どうぞよろしくお願《ねが》いします！」

あ……全部《ぜんぶ》、言《い》いきれた。

そのとたん、頭《あたま》がぼんやりしてきた。

やりきった反動《はんどう》が、一気《いっき》にきたみたいだ。

体育館《たいいくかん》にひびきわたる拍手《はくしゅ》を一身《いっしん》に受《う》けながら、私《わたし》はどこかふわふわしたまま自分《じぶん》の席《せき》にもどった。

ピンポンパンポン――
放送《ほうそう》が始《はじ》まると、教室《きょうしつ》が、わっとざわめいた。
私《わたし》は、ごくりとつばを飲《の》みこむ。
『こちら、選挙管理委員会《せんきょかんりいいんかい》です。先《さき》ほどの児童会選挙《じどうかいせんきょ》の投票結果《とうひょうけっか》をお伝《つた》えします。
まずは会長《かいちょう》ですが、立候補《りっこうほ》された高畑《たかはた》さんが、信任《しんにん》されました――』
心臓《しんぞう》の音《おと》がうるさくて、放送《ほうそう》の音《おと》が、とぎれとぎれにきこえる。
結果《けっか》を知《し》るのが、こわい。
衝動的《しょうどうてき》に、きかずに逃《に》げてしまいたいって気持《きも》ちがわきあがってくる。
――いいえ。
私《わたし》は、後悔《こうかい》はないようにやりきった。
どんな結果《けっか》になったって、胸《むね》を張《は》れるわ！
「つづきまして、副会長《ふくかいちょう》ですが、全校生徒《ぜんこうせいと》の投票《とうひょう》の結果《けっか》――。
当選《とうせん》は、５年生《ねんせい》の北大路鈴華《きたおおじすずか》さん――」
「「おめでとう〜〜〜〜」」
「ひゃあっ⁉」

そのとたん、クラスのみんなが、おおいかぶさるように集《あつ》まってきて、私《わたし》は思《おも》わず声《こえ》をあげる。

緊張《きんちょう》で、頭《あたま》が真《ま》っ白《しろ》になっていた私《わたし》。

ゆっくりと結果《けっか》を飲《の》みこんでから、みんなに全開《ぜんかい》の笑顔《えがお》でこたえる。

「ありがとう。みんなの応援《おうえん》のおかげよ！」

選《えら》んでもらえたっていうことは。

私《わたし》の、副会長《ふくかいちょう》にむけた意気《いき》ごみを、学校《がっこう》のみんなに伝《つた》えられたってことよね……！

「「はいっ、鈴華《すずか》ちゃん！」」

そのとき、凜《りん》ちゃんとかえでちゃんがそろって、私《わたし》の首《くび》になにかをかけた。

「？　なにかしら？」

胸《むね》もとに下《さ》がったものを、手《て》にとって見《み》てみると——それは、手作《てづく》りの金《きん》メダルだった。

「ぼくたち作《つく》っておいたんだっ。鈴華《すずか》ちゃんなら、きっと当選《とうせん》するって信《しん》じて！」

「！」

副会長《ふくかいちょう》っていう役職《やくしょく》には、かたちがない。

だから、ピカピカかがやくものをもらって、急《きゅう》に実感《じっかん》がわいてきた。

ああ、私《わたし》……本当《ほんとう》に、副会長《ふくかいちょう》になったのね。

「鈴華《すずか》ちゃん、これからの緑田小《みどりだしょう》をよろしくっ！」

「これからも応援《おうえん》してるからな！」「鈴華《すずか》ちゃんの活躍《かつやく》、楽《たの》しみにしてるよ！」

沢渡《さわたり》さんや、クラスのみんなの言葉《ことば》に、身《み》がひきしまる。

新《あたら》しいことを始《はじ》める、不安《ふあん》もあるけど。

それ以上《いじょう》に、絶対《ぜったい》にやってやるぞっていうワクワクで、前《まえ》しか見《み》えない！

みんなに期待《きたい》してもらって、たくしてもらった役目《やくめ》を、果《は》たしていこう――。

「みんな。これからも、よろしくおねがいします‼」

私《わたし》が礼《れい》をしてから頭《あたま》を上《あ》げると、やまない拍手《はくしゅ》が鳴《な》りひびいていた――。

次巻予告《じかんよこく》

去年《きょねん》の
「悪夢《あくむ》のバースデー」の
リベンジしちゃおう！

パーティーの準備《じゅんび》に、はりきるあかね。
でも、お祝《いわ》いにきた太陽《たいよう》のようすが
なんかヘンだぞ…???

そして、来年《らいねん》１つになる
緑田小《みどりだしょう》と、あざみ小《しょう》の
合同運動会《ごうどううんどうかい》が近《ちか》づいて。

2つの学校《がっこう》の
生徒《せいと》どうしが張《は》りあって、
バッチバチに!?

いったいどうなるの!?

ふたごのチャレンジは
まだまだ続《つづ》く…!!!

ふたごチャレンジ！⑩

楽《たの》しみに待《ま》っててね！

角川つばさ文庫

七都にい／作

2000年生まれ。愛知県在住。今は大学院在学中。第９回角川つばさ文庫小説賞「金賞」を受賞し、本シリーズでつばさ文庫デビュー。ほかの作品に『チーム七不思議はじめます！』（集英社）がある。人なつっこい愛犬と、ユニークな寝相をみせる愛猫に日々いやされている。

しめ子／絵

2月4日生まれの水瓶座O型。広島県出身。児童書を中心にイラストや漫画を執筆中。気球に乗るのが夢！

角川《かどかわ》つばさ文庫《ぶんこ》

ふたごチャレンジ！⑨

はずんでころんで!?新学期《しんがっき》大作戦《だいさくせん》

作《さく》　七都《ななと》にい

絵《え》　しめ子《こ》

2025年１月８日　初版発行

発行者　山下直久

発　行　株式会社KADOKAWA

〒102-8177　東京都千代田区富士見 2-13-3

電話　0570-002-301（ナビダイヤル）

印　刷　株式会社暁印刷

製　本　本間製本株式会社

装　丁　ムシカゴグラフィクス

ISBN978-4-04-632335-4　C8293　N.D.C.913　214p　18cm

●お問い合わせ

https://www.kadokawa.co.jp/（「お問い合わせ」へお進みください）

※内容によっては、お答えできない場合があります。

※サポートは日本国内のみとさせていただきます。

※Japanese text only

読者のみなさまからのお便りをお待ちしています。下のあて先まで送ってね。

いただいたお便りは、編集部から著者へおわたしいたします。

〒102-8177　東京都千代田区富士見 2-13-3　角川つばさ文庫編集部